KB056540

가지산 바람소리

이근숙 수필집

도서출판 코레드

책을 내며

두문불출 묶인 겨울이 두 번씩이나 훌쩍 지나고 다시 봄입니다.

몸은 물론 마음까지 틈 없이 봉해져 마스크로 가린 입보다 생각이 더 갑갑했습니다. 코로나19로 가까운 사람과 단절되는 안타까움은 참을 수 있었지만 그 와중에 먼 길 떠나신 어머니와 보기조차 아까운 형제를 잃어 피눈물을 쏟았습니다.

나이가 팔팔할 때는 생각조차 못했던 일들이 예고 없이 닥칩니다.

거기다 후천적 지체 장애자가 된지 10년도 훌쩍 넘고보니 호칭이란 것도 무게가 있는지 글마저 허리가 굽어 상큼 발랄함은 꿈에서 조차 아득해졌습니다.

꼭 두꺼운 겨울옷을 버겁게 껴입은 것처럼 몸도 마음도 아둔해질 때가 있습니다. 그러나 흐르는 세월을 거슬릴 수 없어 통과의례라며 수긍을 합니다.

킬 힐을 신고 미니스커트를 입었을 때 고개를 발랑 젖히고 세상을 눈 아래로 보던 시건방진 시절에는 글도 뻣뻣했습니다. 지금 지난날들을 돌아보며 한 가지 위안은 타인을 존중하고 앞뒤를 헤아리는 아량이 조금 생긴다는 겁니다.

문학자리 근처를 맴돈 지 어언 20여년, 그 자취로 여덟 번째 삶의 편린들을 묶기까지 남편의 도움이 컸습니다. 그리고 많은 분들이 아낌없이 길잡이가 되어 주시어 여기까지 왔습니다.

이번에는 특히 장애인 문화예술 선생님과 이 나라 직원들의 친절한 길 안내로 어렵게 이루 낸 결과물입니다. 그 들 한 분 한 분들께 이 지면을 통해 고마움을 전합니다. 묶은 글 중에서 단 한 줄이나마 비슷한 처지의 누군가에게 용기가 되었으면 하고 바래봅니다. 반듯하게 엮어 말끔한 얼굴로 세상 밖으로 내 보내 준 도서출판 코레드에 감사드립니다.

2022년. 5월 독산타워에서

이 근 숙

목차

제3부 4H클럽

제4부 보조개 사과

제5부 청년, 그 아름다운 선의

이 책은 문화체육관광부, 한국장애인문화예술원의 후원을 받아
2022년 장애인 문화예술 지원사업의 일환으로 발간되었습니다.

 문화체육관광부 한국장애인문화예술원

제1부

가지산 아래

迦智山 아래

청도 신원면은 첩첩산골이다. 키 큰 감나무들이 반길 뿐 마을은 띄엄띄엄 한적하기 그지없다. 울창한 숲과 콸콸 기운차게 흐르는 물길이 심신을 편안케 한다. 여기 무주공산 같은 곳에 천지분간도 잊은 피붙이가 산다.

오랫동안 계획한 일로 황토로 집을 짓고 바람도 머물도록 옛 선비 기품을 본 떠 뜰 한켠에 아담한 정자도 앉혔다. 딸린 텃밭에 상추 가지 오이 등 갖은 푸성귀를 가꾸며 아들의 직장이 있는 부산을 오가며 무릉도원 거닐 듯 한동안 꿈에 부풀었다. 그런데 앞길이 구만리 같은 외아들을 졸지에 잃은 후유증으로 동생은 세상살이를 잊어간다. 자신이 누구며 무엇으로 생계를 삼았는지, 책장의 수십 권 서적은 누구의 손때가 묻은 것인지, 여기가 어딘지 지명까지 잊어가고 있다.

십 수 년 간 애마처럼 부리던 자동차도, 운동 삼아 늘 오가던 숲길도 가기만 할 뿐 되돌아오는 길을 찾지 못한다. 한 시절 전문분야에 초빙되어 기업체 교육도 하던 사람이 이제 손안에 든 핸드폰 작동법도 잊는다. 또 취미경지를 넘어 능숙하게 다루던 기타연주로 형제들의 심금을 울리던 18번곡 옛 동산에 올라 첫 음절 '뒷동산 아지랑이 할미꽃 피면~'으로 시작하는 노랫말도 잊었다.

'누님 오셨어요.' 조선시대 선비처럼 점잔하게 반기던 사람, 대학

때 나라의 명운이 걸린 신생산업 조선공학을 전공하여 30여년 한 직장에 근무한 사람, 정밀한 설계도를 작성하던 사람이 선친기일마저 잊었다. 설과 추석이면 일부러 먹을 갈아 정성스레 지방을 쓰며 아들에게 대물림 시키던 사람이 이제 모든 일들을 잊고 또 잊는다.

사람이 살아가며 앓게 되는 병을 어찌 일일이 헤아릴까. 그 하고 많은 병중에 금방 한 일을 까마득히 잊는 병. 남동생은 대들보 같은 외아들을 잃고 아프고 아파서 의식적으로 기억을 지우고 있는지도 모른다. 서른셋 창창한 자식이 발병 후 여섯 달을 넘기지 못했다. 영민했던 아들, 관 뚜껑을 덮을 때 명주 도포자락을 움켜쥐며 '이 놈의 자슥' 그 한마디를 하고는 석고상처럼 뻣뻣하게 굳어 정신 줄을 놓은 사람이다. 그 후 소식 듣고 찾아 온, 오랫동안 한 솥 밥 먹은 직장 사람들도 기억하지 못한다.

지금 나는 꿈을 꾸고 있는가? 숲을 흔들던 바람이 마당으로 내려와 잠깐 망연자실 이 광경을 곁눈질 한다. 억장이 무너진다. 덥석 손을 잡으니 얼음장처럼 차디차다. 윗사람으로서 어렵고 조심스러웠지만 사석에서는 형님처럼 다정하게 속말을 들어 주었다며 눈시울을 붉히는 직장사람들이 도저히 믿기지 않은지 돌아보고 또 돌아보며 갈 길을 재촉한다.

어릴 때 동생을 업고 펄쩍펄쩍 줄넘기를 했다. 그러면 좋아라, 등 뒤에서 어깨를 두드렸다. 그러다 동무들과 뜀박질 놀이를 할 때면 아무 곳에나 내려놓기도 했다. 실컷 놀다가 동생을 찾아보면 눈물 자국으로 씰룩 강아지가 되었던 그 때 도랑물에 얼굴을 씻기고 치마를 뒤집어 말갛게 닦아 집으로 데리고 가기도 했다. 위로 누나 셋은 귀염둥이 동생을 서로 데리고 놀려고 시샘도 했다.

우리 집의 특별한 존재로서 할머니 권위아래 동생의 발가락 때만도 못하다는 말을 듣고 누나들은 자랐다. 할머니께서는 가슴에 풀을 뜯어 줄 귀한 손자라며 생선이 상에 오르거나 어쩌다 닭 한 마리 삶는 날이면 할머니와 아버지 겸상머리에 앉는 특권도 주어지던 동생이다.

그 뿐이랴, 요즘으로 말하면 부모님의 교육열로 초등학교 3학년 때 백리 길 도회지 부산으로 유학을 보냈다. 그 시절 버스가 비행기처럼 귀하던 때 굽이굽이 산길을 타박타박 걸어야 했다. 숨만 크게 쉬어도 꺼지던 호롱불 밝히던 산골마을에서 전깃불과 수돗물을 쓰는 도시로 공부하러 보냈다.

한 칸 방에서 남동생은 누나를 의지 삼았지만 누나들은 제 앞가림도 못했다. 교정의 나무들이 울긋불긋 물들기 시작하던 그 가을, 열이 펄펄 올라 남동생은 학교를 갈 수 없었다. 참 철딱서니도 없었던 누나는 나오지 말고 잠만 자라고 혼자 두고 온갖 할 일 안 할 일 다 참견하고 캄캄해진 뒤에야 학교에서 돌아오기도 했었다.

동생에게 늘 입버릇으로 했던 말이 생각난다. 그 어린 것, 철도 안 난 동생에게 누나랍시고 장남이니 참고 의젓해야 한다고, 장남은 반드시 그래야 한다고, 또 집안의 모든 일을 책임져야 한다고, 누나인 나보다 먼저 어른 노릇을 해야 한다고 말했다. 중학교도 엄연히 일 이류가 있던 그 때 동생은 몇 백대 엄청난 경쟁을 뚫고 일류 중학교부터 시작했다.

부모님 기대를 저버리지 않아 앞에 붙는 수식어 일류학교 과정을 거쳐 선망의 직장에서 평생을 봉직했다. 그런데 어찌하여 과거를 모두 잊는 망각의 병이 들었는가, 아무리 둘러 봐도 남에게 못할 짓 않았건만, 사람 사는 일이 이다지도 허망하단 말인가, 아침이면 주간요양보호소 버스가 온다. “공부하러 가야지요.” 순순히 버스를 타고 어린애처럼 말을 잘 듣는다. 음전하고 사리 분명하던 그 모습은 어디로 갔는가?

다 부질없는 일이지만 시누이 자리 나는 올케가 야속하다. 하나만 낳아 보란 듯 잘 키우겠다고 맵차게 말하더니 그 하나 조카가 아비 가슴에 대못을 박고 떠날 것을 어찌 알았으랴, 둘이였으면 둘만 되었더라면 하나 남은 자식이 아버지, 아빠 하고 눈앞에 아른거렸다면 잃은 자식 상처가 저리 깊을까, 다 지나간 일 쓸 때 없는 넋두리지만 동생이 불쌍하고 가엽다.

마당에서 올려다 보이는 가지산 능선을 바라본다. “누님 저 산 보이지요, 산 능선이 순해 보이지요. 석가모니 지혜를 일컫는다는 가지산이랍니다,” 십 여 년 전 남동생의 노후 처로 삼은 여기 신원면에 첫 발 디딜 때는 봄의 기운이 무르익어 연두색 옷을 입은 가지산을 가리키며 하던 말이다. 그 날 동생은 차를 몰고 지척에 있는 고찰 운문사에 가자며 구불구불 청량한 숲길을 달리던 맑고 안정 된 그 얼굴은 이미 아니다.

하루하루가 지날수록 기억을 잃어가는 병, 남동생 인생행로를 생각하면 불시에 바늘 끝에 찔린 듯 따갑고 아리다. 그러나 물 좋고 산 좋고 바람소리 정겨운 가지산 아래에서 가슴 아린 쓸쓸한 인생길일지라도 더 나빠지지 않기를 염원한다. 기적이란 말이 통용되기를, 생이 손이 된 내 피붙이 남동생, 석가모니 부처님 가피로 더 이상 병마가 진행되지 않기를 간절히 기도한다.

담배 끊는 사람

첫 새벽 잉크냄새 상큼한 조간신문은 생의 활력소가 된다. 처음 구독한 신문만 30년 넘도록 애독했다. 이름만 다르지 천편일률적이라며 판촉요원으로부터 한번 바꿔 보라는 권유도 여러 번 받았다. 한 시절 판촉경쟁이 심할 때는 요긴한 사은품을 덤으로 안긴다했지만 일편단심이었다. 이유는 한사람 칼럼리스트 때문이었다. 신문을 펼치면 가장 먼저 읽게 되는 고정란, 벌써 고인 되신'이규태'칼럼이었다, 파이프를 문 처음삽화가 떠오른다. 그 후 컴퓨터 좌판기로 바뀌기는 했지만,

펜만 손에 쥐면 독자의 심금을 울리기도, 미소 짓게도 하며 예리하게 정곡을 찌르는 필설로 무감각하게 살아가는 내게는 죽비가 되었다. 아까운 지성이 건강을 잃어 떠난 일을 알고는 가슴이 쿵 내려앉았다. 평균수명도 못 채운 것이 꼭 그 삽화처럼 담배가 원인이 아닐까 생각되어 더 안타까웠다.

담배의 해악은 이미 잘 알려져 있다. 이미 몇 십 년 전 고인 되신 선친도 그 시대 상표였던 '파랑새'와 '파고다'를 아끼며 피웠는데 지금 생각 해 보니 기관지염의 원인도 담배가 아니었을까 싶다. 애연가들이 들으면 별 시덥잖은 사람이 시비를 하는 격이라며 코웃음거리로 삼겠지만 내 생각은 아예 없어도 괜찮을 기호품이 담배가 아닐까한다. 길가다 우연히 흡연하는 사람이라도 스치면 냄새를 피해

일부러 한참 지나간 뒤 가던 길을 간다.

옛말이 꼭 들어맞아 화장실과 담배는 촌수를 가린다고 했다. 나와 가까운 사람은 그래도 덜 한데 아무런 상관없는 이는 한층 더 비위가 거슬리니 공연히 흡연자라고 시비를 하는 격이 된다. 그러나 가까운 지인이 담배로 인해 사형선고를 받은 후부터 더욱 내 증상이 심해졌다. 청소년 흡연을 우연이라도 보게 되면 뒷일은 감당도 못하면서 참견한다.

지난 이야기지만 한 번은 한갓진 우리아파트 지하주차장 계단에서 고등학생으로 보이는 너 댓 명이 웅성웅성 몰려서 너구리라도 잡는 것처럼 모락모락 연기가 올라왔다. 옳거니, 흡연 중이구나며 내 가던 길을 미루고 내려갔다. 한참 맛이 들어 끼리끼리 의기양양 취해있는 장소에 불청객이 끼어드니 당연히 도끼눈이 되어 험한 말이 돌아왔다. 그러나 무슨 완장을 찬 사람처럼 일장 연설?을하니 맛이 다 떨어졌는지 C자를 연발하더니 침을 뱉으며 재수 없다는 듯 밖으로 나갔다.

재앙이란 꼭 천재지변만 칭하는 것이 아니다. 사소한 습관과 기호품이 포인트 쌓이듯 누적되어 한 가정이 무너지는 일을 보게 된다. 그것도 하찮은 담배 따위 때문에 건강을 잃는다면 땅을 칠 일이다. 지난날 이름만 대면 모르는 사람이 없는 코미디언 '이주일'씨 역시 폐암으로 세상을 떠나며 '인생은 코미디가 아니다'는 유고집까지 남겼다. 그렇게 담배의 해악을 알리고 눈을 감은 것이 바로 엊그제 일만 같다.

오래 전 일로 이미 북망산천 간 김정일이 북한을 통치 할 때 일이다. 매스컴에 가십처럼 보도 된 내용이 아직도 생각난다. 북한에는 담배를 피우면 아예 대학입학 자격까지 박탈한다는 것이다. 청소년 흡연자를 통제하기위한 수단이라고 했다. 지도자 말 한마디가 법이 되는 날이 선 국가라 그 뒤 소식은 못 들었지만 인민들 대상으로는 흡연은 심장을 겨눈 총과 같다며 금연을 강조했다고 한다. 애연가로 소문난 그 역시 건강검진 후 모질게 끊었다고 하지 않던가.

금연이 얼마나 어려우면 '담배 끊는 사람에게는 딸 시집도 보내지 않는다는 옛날 속담까지 있었을까. 한 쪽이 배반하여 사랑했던 연인과 헤어지듯 모질고 독하게 작정 않고는 얼마나 끊기 어려우면 그런 속담이 다 만들어 졌을까, 한방에 끊는 사람은 그 만큼 이를 앙다물지 않으면 어림없다는 말로 들린다.

그러나 폐질환으로 아까운 피붙이의 고통을 가까이 지켜본지라 나와 아무 상관없는 애연가마저 시비를 건다. 담배도 안 피우면 무슨 맛으로 세상을 사느냐고 항변하지 마시라. 이미 엎질러진 물이라고 말하지 마시라, 뒤늦게 땅을 치고 울부짖을 일 만들지 마시라. 가족들이 말리지 못한 것을 후회하는 모습을 지켜보며 미적미적 내일 내일하며 미룰 일이 아님을 꼭 말하고 싶다.

이제는 '담배 피우는 사람은 사돈도 안 맺는다'며 속담을 바꿔야 할 차례다. 우연이라도 이 글을 읽게 된 애연가가 담배를 원수 대하듯 뚝 끊어 훗날 돌이킬 수 없는 질환에서 비껴가기 바란다. 내가 30년 넘게 애독하던 신문의 칼럼니스트 그 지성이 담배가 원인이 되어 무너진 생이 아깝다. 마약 같은 기호품, 반드시 뚝 끊을 일이다. 나와 아무런 일면식도 없는 타인에게도, 오지랖이라며 설령 삿대질을 당할지라도 꼭 말하고 싶다.

담배 뚝!

도라지 꽃피우기

5g에 2천원, 잘생긴 산천도라지 다섯 뿌리가 초록이파리 배경으로 코팅 옷을 입고 고개를 빳빳이 들고 혀를 쏙 내미는 것 같다. 약오르지 하며, 작년에는 두 봉지를 연달아 뿌렸건만 실패에 실패를 거듭했다.

올 해는 지난 일을 거울삼아 무슨 일 있어도 싹틔우겠다며 이른 초 봄 잡초가 꾸물대는 틈에 잽싸게 파종을 했다. 한 평가량 땅에 두둑을 높이고 밑거름 두포를 혼합하여 야무진 마음까지 얹었었다.

대중교통도 만만치 않아 한 달에 두세 번 소풍삼아 남편을 운전기사로 채용(?)해 뒷좌석 사모님자리에 앉아 두어 시간 더 달리면 한때는 울울창창 소나무 군락지였는지 마을이름도 흑송리다. 그곳에 텃밭이 있다. 일 손 놓은 남자들의 이상향이라 말하는 '나는 자연인이다' 처럼 전화 이원 통신기기도 쓸모없는 오지다.

씨 뿌린지 이십 여일 지나 도라지 밭이라 팻말 붙인 초입에 내려서둘러 눈을 땅에 붙이고 보니 바랭이 풀씨들만 소복하고 도라지 닮은 싹은 보이지도 않는다. 신문도 안경 안 쓰고 보는 시력이지만 다시 돋보기를 쓰고 들여다보니 도라지 떡잎으로 보이는 동그스름하고 갸름한 깨알보다 작은 떡잎이 풀 속에 주눅 들어 웅크리고 있다.

소매를 걷고 한 나절 넘도록 호미질도 못하는, 여린 싹 다칠까 코를 박고 엄지와 검지로 풀을 뽑는다. 풀뿌리를 뽑으면 가장자리 흙까지 들고 일어나 숨만 크게 쉬어도 상처가 날 가느다란 싹이 바랭이뿌리에 붙어 벼락을 맞은 듯 찰나에 목숨 줄이 간당거린다.

풀 뽑기를 한 시간 넘게 한 후 손을 털고 일어서니 천지사방이 빙글빙글 돈다. 내 모습을 쳐다보던 남편이 한마디 툭 던진다. 시장에서 자잘하고 흙 묻은 것 사서 몇 뿌리 심으면 될 것을 한다. 그 생각을 미처 하지 못한 것이 후회스럽기는 해도 수긍하기는 싫어 팽하니 코를 풀고 '누가 몰라서 못하나'며 토를 달며 씨를 뿌려 키워야 실하게 큰다며 되받지만 그냥 해 본 소리다. 도라지는 삼년 만에 옮기지 않으면 뿌리가 삭는다는 말도 들었지만 그 말도 맞는 말인지 틀린 말인지 역시 모른다. 도라지 씨뿌리기를 만만하게 보았더니 그만 내 코가 석자가 된다.

그 후 다시 보름이 지나서 먼 길 흑송리 텃밭에 왔다. '나 좀 봐라,'며 퇴비를 독식한 풀들은 제 세상을 만나 만세를 부르며 새파랗게 약발을 받아 쾌지나칭칭나네 춤판을 벌리고 있다. 그 사이로 가뭄에 콩 나듯 여린 도라지 싹은 기가 질려 사람 손길만 목마르게 기다리고 있었다. 오늘도 역시 호미는 소용 닿지 않게 생겼다.

뿌리가 고래심줄보다 질긴 바랭이는 뽑고 돌아서면 새끼를 치고 대대손손 여기가 내 땅이라며 도리어 경고장을 내밀며 저들끼리 수군수군 비웃기까지 한다. 아예 계란으로 바위를 쳐보라는 듯 의기양양 돌아서기 무섭게 팔딱 일어서며 기세가 등등하다. 에휴 이놈의 지겨운 풀, 해봤자 내 입만 험해진다. 그래도 인내심의 한계에 다다르도록 땡볕에 엎드려 뽑아내고 또 뽑는다.

도라지꽃에 대한 집착은 작년부터다. 어머니가 안 계시니 친정텃밭의 도라지가 일 년도 되기 전에 잡초 더미에 간 곳 없이 사라졌다. 산속에서는 수풀 속에서도 보라색 꽃을 보게 되는데 재배하는 도라지는 다른지, 더구나 이제는 친정에 갈 일도 없게 되니 허허로운 마음에 한 번 심어 보기로 했다. 어머니에 대한 그리움은 계실 때는 그저 무덤덤했는데 막상 떠나시고 안계시니 늦게 사 애달프다. 오죽하면 친정집에 수북한 국화도 밭두둑에 한 삽 떠 옮겨 심었다.

유월초순 다시 이십일 만에 텃밭에 왔다. 그런데 전번에 왔을 때 풀이란 풀은 모조리 뽑았건만 도라지는 보이지 않고 또 풀들만 난장을 치고 있다. 이번에도 절하듯 엎드려 눈을 크게 뜨고 살펴본다. 그런데 간신히 한발을 디딘 도라지대궁마다 예리한 칼로 싹둑 베어 놓았다. 무슨 일? 누가 풀 속을 샅샅이 헤집어 빠짐없이 도려 난도질을 쳤을까?

횡설수설 내 말에 남편도 허리를 굽혀 찬찬히 본다. "정말 한 개도 온전한 게 없네." 아연실색 고개를 갸웃거려 봐도 이유를 모르겠다. 생각 끝에 마음이 급해 농사짓는 언니에게 전화를 건다. 순서 없이 우왕좌왕 내 말만 늘어놓으니 언니가 대답했다. "거세미 짓인가 보다. 거세미약 쳤니? 거세미가 잘라 먹었나 보다." 거세미 유충은 땅속에 벌레로 기생하며 여린 식물의 대궁을 잘라 즙을 먹고 성충으로 자라는 해충이란다.

그 간 들인 공이 얼마인가, 이태동안 도라지 씨뿌리기 실패담이다. 도라지씨앗은 너무 잘고 가벼워 훅 불면 날아간다. 땅을 고르고 흙을 골고루 혼합해 손으로 살살 씨를 뿌렸는데 보통 상추씨처럼 흙을 두텁게 덮어 실패, 씨앗은 제 무게를 넘으면 흙을 뚫고 나오지 못한다는 것을 알게 되었다. 두 번째는 잡초를 뽑아주지 않고 세월아 네월아 싹 돋아나기만 기다렸더니 잡초 득세에 싹도 못 틔우고 녹아서 실패, 세 번째는 발아는 성공했지만 해충 약을 뿌리지 않아 거세미가 잘라 먹어 또 실패다.

그래도 한 가지 위안 삼을 일이 있기는 하다. 텃밭의 도라지 꽃피우기는 망쳤지만 거의 비슷한 시기에 뿌린 우리 집 베란다화분에서는 제법 잘 자라고 있다. 나중에 흰 꽃이 필지 아니면 보라색 꽃을 피울 것인지 다섯 장의 해맑은 미소가 여리게 자라고 있다. 여름 어느 날 화분의 도라지꽃이 피면 친구 몇을 일부러 오시라 불러 꽃봉오리 봉긋 부풀어 톡 터지는 모양을 함께 보리라, 나이 드는 우리도 도라지꽃처럼 잔잔한 미소로 남은 세상을 함께 건너자며, 도라지꽃 필 그날을 손꼽는다. 해맑은 별 꽃 도라지 미소를.

독사와 사는 사내

여기는 실낱같은 끈이라도 잡으려 몸부림치는 전쟁터다. 몸에 이상이 생기면 이 의원 저 병원 문을 두드리다 최후로 선택하는 대학병원, 명의를 찾아 환자가 구름처럼 몰려드는 서울대병원이다. 절박한 걸음으로 오가는 사람들 틈바구니에 한갓진 건물로 들어선다.

발 딛고 싶지 않은 곳, 외면하고 싶지만 안 갈 수 없는 영안실, 문을 밀고 한 발 내딛자 뭉게뭉게 하얀 국화가 말 많고 탈 많은 인간들 대신 묵묵히 먼저 조문객을 맞는다. 영혼은 향으로 음복하는가? 국화 속에 묻힌 고인은 엷은 미소로 이제야 오니, 하는 것처럼 보이다가 다시 눈을 맞추니 수심이 가득해 보인다. 병상에 계실 때는 입원했다는 연락을 못 받아 떠난 후에야 헐레벌떡 달려온 길이다. 고인은 삼남매를 두었건만 마땅히 자리에 있어야 될 맏상제가 보이지 않는다.

향을 피우고 두 번 절하고 자리에 앉으니 고인의 딸자식이 눈물을 줄줄 쏟으며 그간의 일을 주섬주섬 넋두리처럼 풀어낸다. 맏상제가 자리에 없는 이유를, 병상생활 몇 달간 차마 남알까 두려운 일들을 겪었다며. 그래도 어머니가 가셨는데 알리지 않는 일은 도리가 아니라 하자 뒷감당을 할 수 없다며 차라리 마지막 가시는 길 왈가왈부 상청에 누累가 될 것이라며 도리질 친다.

이 즈음 매스컴을 통해 듣게 되는 막가는 일들이 가끔 일어나서

인면수심으로 인식되어 귀를 막고 싶을 만큼 못 되게 돌아가는 세태이기는 하다. 빙글빙글 어지럽게 돌고 돌며 미처 돌아가기도 하지만 그래도 반듯한 사람이 더 많아 세상일은 평정을 찾는다. 이곳 일도 그렇다. 내 잣대로 보면 떵떵거리며 사는 자식에게 부모상을 알리지 않는 것이 말이 되는 소리인가? 두어 시간 머물며 안 들은 것만 못한 그 간의 사정을 듣고 보니 그럴 만도 하겠다 싶어 입을 다문다.

집안의 화목은 며느리 손에 달렸다고 말들을 한다. 말 많고 탈도 많은 고부관계는 시집살이가 고초당초보다 매워 오죽하면 옛날에는 눈멀어 삼년 귀멀어 삼년이라는 그런 말이 있었을까, 그러나 이제는 변하기도 했지만 고인의 경우를 보면 며느리 살이로 한 세상을 회한에 젖어 보낸 사람이다. 평생 아들 집에 다리 펴고 한 번 유숙한 적 없었고 남편이 먼저 가신 십 년 넘도록 천리 밖에 혼자 살았지만 자고 깨면 귀 가려운 말뿐이니 마음 편할 날이 없었다.

속속들이 그간 얽히고설킨 내막이야 자세히 알까만 옆에서 곁눈으로 보면 맏며느리자리는 시가식구 알기를 개똥밭에 굴러다니는 돌멩이만큼도 여기지 않았다. 시집일이라면 먼저 얼굴부터 일그러졌다. 결혼 당시 은행원이던 고인아들이 그녀를 데리고 왔을 때 두 팔 벌려 다독다독 환영했건만.

세상이 변하고 변했다. 타인의 잣대로 정말 저건 아닌데 싶어도 저 할 말은 따로 있다고 했던가, 막힘없이 좔좔 언변 좋은 고인의 며느리자리 말을 듣다보면 갖은 변설로 자기합리화가 도를 넘는 사람이다. 입이 대추방망이처럼 야무져 저 보다 잘난 사람이 없는 것으로 보인다. 남 말은 아예 들으려하지 않고 '내 말 먼저 들어 보소'하는 일사천리로 막힘이 없는지라 저 사람이 혹시 무슨 정신적 질환이 있는 것은 아닐까 의심될 정도였다. 그런 며느리를 시어미 자리 고인은 당신이 박복해서, 라고 얼버무렸다.

사람 한 평생 백년도 못살건만 누구나 저 잘난 맛에 산다. 그렇건만 어느 정도 상식선도 있고 남 눈을 의식하기 마련이다. 며느리 입장에서 시댁일도 싹 무시하고 살고 싶겠지만 하늘에서 뚝 떨어졌거나 땅에서 푹 솟은 남편이 아님에야 인연으로 얽히고설킨 가족관계를 어찌 외면할까. 한 눈 찔끔 감고 참아야 할 때도 있고 자지러지게 좋은 일에도 호들갑 떨지 못하는 것이 시댁과의 관계일 것이다. 앞뒤를 헤아리며 기본적인 양식은 가져야 맞다. 미우나 고우나 남편의 본태이니 어떻게 인연의 끈을 싹 뚝 자를 수 있겠는가.

어느 가정인들 다를까만 고인의 자식사랑은 유난했다. 그것은 고인의 시댁삼형제 중 큰 댁 작은댁 두 집이 성성한 자식을 졸지에 잃어 빗자루로 쓸어 낸 것처럼 대가 끊어졌다. 말하자면 3가家중 한 집만 남은 독가獨家위치라 가까운 일가친척 없는 적막함 때문에 더 애지중지 했는지 모른다. 힘껏 가르쳤고 사랑이 차고 넘쳤다.

무슨 일이건 핑계는 있다. 고인 큰며느리 불만은 다른 형제는 최고학부를 나왔는데 남편 혼자만 빠졌다는 이유였다. 시동생과 시누이는 세칭 말하는 일류대학을 나왔건만 신랑만 안 나왔다며 말끝마다 토를 달기 일쑤였다. 그것은 60년대 초 상고를 우수한 성적으로 졸업하여 그 당시는 출세로 여겼던 은행원, 누구나 부러워하는 반반한 직장이 있었기에 직장 일만 최고로 알고 대학을 가지 않았다. 그것이 첫 사유가 되었다.

은행원인 고인의 맏아들은 흔히 하는 말로 법 없이도 살 사람으로 인물도 훤하고 유머감각도 넘치는 멋스런 사람이다. 그러나 동생들 말을 빌리면 성정이 물러 아내를 오냐 오냐 했다. 좋은 것이 좋다는 식으로 비위를 눈 감고 고작 그만, 하고는 혀 한번 차고 달래기만 했다. 월급이 쥐꼬리라고 바가지를 박박 긁어도 '허허 이 사람 또' 정도였다. 그런 성정을 두고 형제들은 마누라 손아귀에 논다며 우유부단함을 속으로만 나무랐다.

그러나 달리 생각해보면 종알종알 시댁은 이래서 그르고 저래서 정나미 떨어진다고 헐뜯으면 아무리 무골호인이라 해도 귀가 한쪽으로 쏠릴 것이다. '베개 밑 송사'라는 옛말도 있지 않은가, 몇 십 년을 갖은 소리 듣다보면 정말 그런가 하다가 어느 날부터 그렇다고 단정 짓지 않았을까 생각된다.

내가 돌멩이 맞을 소리를 한다. '독사와 산다고 생각해라.' 고인의 딸자식에게 보태는 말본새다. 속속들이 모두 안다고 말할 수는 없지만 옆에서 지켜 본 고인의 큰며느리는 부모나 형제의 위치에서 보면 파충류 먹이사슬의 상층부로 독 샘을 가진 독사처럼 정신과 행동을 교란시키는 것처럼 현란한 몸짓이 연상되어 만든 말이다.

영정을 바라보며 속으로 기도한다. '세상살이에 속 끓인 일 훌훌 털어버리고 자식들 허물 거두시고 형제동기간이 우애로 살게 도우

소서' 고인은 나와 친정에서 일 년에 한 두 번 만나는 핏줄이 통하는 한 집안 윗대 아랫대 딸네다. 설령 세상일 뒤집혀 하늘이 땅되고 해와 달의 역할이 거꾸로 변하는 천지개벽이 생긴다 해도 부모형제간 인연 끊는 일이 말이 되겠는가, 아무리 막 되 먹은 세상처럼 보이지만 묵묵히 도리를 지키는 사람이 더 많아서 둥글둥글 평탄하게 돌아가는 세상살이를 모를 리 없을 것이다.

맏상제가 오늘 이 자리에 없는 일이 평생 회환으로 남아 뒤늦게 뜨거운 눈물 흘릴지 누가 알랴. 병원에 입원한 동안 얼마나 남부끄럽게 큰 소리가 오갔으면 부고도 않기로 동생들이 작정을 했을까, 독사며느리 입장에서 이리저리 헤아려 보지만 너무하다는 생각만 든다. 친정 부모처럼 속속들이 살가운 정이야 덜 하겠지만 기본적인 예의는 차려야 인ㅅ두껍을 쓴 사람이다. 영정 속 고인의 눈가가 젖는 것 같다. 세상인심이 조석으로 죽 끓듯 변해도 부모자식 천륜은 영원할 인간사의 기본인 것을.

딸 년

어머니가 떠나셨다. 둘째 딸년 나는 어쩌다가 임종을 지켰다. 더위가 주춤거리는 음력 칠월 열 하룻날 셋째 딸네 가까운 곳 성모병원에서 열두어 시간 사선을 넘나들다 발끝부터 얼음처럼 싸늘하게 식어갔다. 병원에 입원한지 일주일 째 날.

구순을 넘기도록 한평생 사신 고향집에서 선친 떠나신 몇 십년간 홀로 주간보호센터를 의지 삼아 평상심으로 지내다가 끼니마저 잘 챙기지 못하시어 처음은 큰딸네로 옮겼다. 농사일에 바쁜 언니가 두어 달 지극한 수발로 기력을 회복하여 도로 사시던 집으로 거처를 옮겼지만 점점 사소한 일상도 버거워 아들딸 집으로 오가기를 몇 번 하셨다. 어머니 의중은 상관없이 자식들 형편대로.

그러다 작정하고 고향집에서 천리 먼 길 아들네로 자리를 옮겼다. 살던 집을 비워두고 옮긴 한 달 여 후 기력이 조금 회복되자 '집으로 데려다 다오' 하셨다. 몸은 편하지만 살던 집으로 가시고자 한 것은 자식들의 불편함을 일부러 들고자 한 것이다. 그 뒤 부산 막내딸네로 아예 짐을 옮긴 뒤 그곳 주간보호센터에 등록을 하고 안정을 찾은 듯 보였다.

멀다는 핑계로 단 한 번도 반듯하게 모셔 본 적 없었던 둘째 딸년 나는 작정하고 지난가을 어머니께 효도 한번 해보기로 했다. 손 내밀면 무엇이든지 다 내어 주시던 어머니께 힘껏 한번 잘해보자고 다짐을 했건만 그 마음은 금방 변했다. 평생 집안에서만 맴돈 전업 주부인 둘째 딸년인 나, 무슨 특출한 일도 없으면서 일상이 흐트러지는 것 같았고 숟가락 하나 더 놓으면 되는 일도 번거롭다는 생각이 들었다.

한 달여 만에 어머니는 아들네로 다시 가셨다. 가시기 며칠 전 어린이놀이터에서 걷기 운동을 하시자며 나간 일이 있었는데 의자에 앉으시다 살짝 넘어졌는데 갈비뼈 골절로 이어졌다. 통증으로 못 견뎌 하셨지만 천만가지를 불편하게 하는 코로나 여파로 입원은 어려웠고 간신히 진통제로 달래는 중이었건만 입말만으로 효도 흉내 내는 둘째 딸년은 '얼씨구나~'하며 기다렸다는 듯 약봉지를 챙겨드리며 아들집으로 가시는 일을 말리지 않았다. 그리고는 가을에 다시 잘 모시겠다고 말만 번지르르 참기름을 발랐다.

그 길이 마지막 걸음인 것을 어찌 알았으랴, 떠나실 때 사위가 드리는 용돈을 일부러 거절하던 말씀이 아직도 귓가에 맴돈다. '나 가을에 오지 말라고?' 그 말씀에 눈치 없는 사위는 그러면 안 드리겠다며 도로 주머니에 넣은 얄미운 사람이다.

깔끔하고 정갈하며 수리에 밝은 어머니도 나이를 이기지 못하시는지 스스로 몸을 추스리지 못하셨다. 목욕도 아이처럼 씻겨드려야 했고 손톱발톱도, 시장도, 병원도, 그 무엇도 혼자서는 하시지 못했다. 총기는 그대로여서 옛 생각대로 체면을 차리고 손수 식사를 하시며 화장실 출입은 자유로웠지만 걸음마 배우는 아기처럼 위태로워 보였다.

늙어가는 일은 누구에게나 공평하게 다가오겠지만 겨우 한 달 모셔보니 말하기도 자라목이 되는 성가신 마음이 들었다. 못 되고 못돼먹은 둘째 딸년인 나, 매사에 사리분별 밝으신 우리 어머니만큼은 노인이 겪는 과정을 비켜갈 것이라 여겼다. 어릴 때 넘어져도 엄마를 부르고 잠깐만 안 보이면 울고 불며 엄마를 찾았듯 그 처지가 뒤바꼈다. 잠깐 시장을 다녀와도 왜 늦었느냐고 물으셨다. 그럴 때면 둘째 딸년은 속으로 이제 그만 아버지 곁으로 가시면 좋으련만 싶었다.

도움 주실 때는 좋아라~ 호호호~ 했지만 짐이 된다 싶으니 차츰 변덕이 생기기 시작했다. 편찮으시다는 소식을 듣고도 내 처지만 헤아리며 차일피일 미루다가 부산 병실에 도착한 날 밤새도록 몸부림치며 신음하셔도 나는 잠에 취해있었다. 어머니는 고통에 못 견뎌 일으켜라 눕히라 할 적에도 건성이었다. 그 밤이 마지막 밤이 될 것은 꿈에도 몰랐다.

날이 밝자 신음이 잦아들어 이제야 편안해진 것으로 여겼다. 어머니 편찮으시다는 소식에 달려간 그 밤이 임종자식이 될 것을 어찌 알았으랴, 그 동안 손발을 걷고 어머니를 보살폈던 동생들에게 모두 집에 가서 눈이나 붙이라며 어머니와 밀린 이야기 하겠다며 혼자 밤을 지킨 그 밤이 이별의 밤이었다.

입원 며칠 뒤 유동식을 공급할 수 있도록 튜브를 꽂을 목 부분 칼을 대는 수술을 말했을 때, 어머니의 의사는 묻지도 않고 어찌 칼을 대어 연명하게 만드느냐고 극구 반대를 했던 둘째 딸년인 나.

자식들은 돌아가신 뒤 그리워하고 애달파하는 사모곡들이 차고 넘친다. 살아생전 불효에 뒤늦게 후회를 해 보지만 무슨 소용인가?

그래서 죽은 효자는 많아도 산 효자는 드물다는 말이 있는 것 같다. 막상 병수발을 들고 병원비가 다달이 들어가면 마음이 변한다는 말이 아닐까. 옛말에 부모 가슴에는 부처가 들어있고 자식 가슴에는 도끼가 들었다는 말이 있더니 그 말이 나 같은 딸년을 두고 빗댄 말 같다. 아들에게 슬그머니 미루고 싶었던 마음을 비추어 보면 이미 이 세상에 안 계신 뒤의 후회는 가식일 뿐이라는 것, 나 같은 딸은 '년' 자를 붙여도 너무 당연하다. 우리 어머니의 둘째 딸년인 나 같은.

봄 꿈

"에헤롱 에헤롱 에이남작 에헤롱" 상투꾼들 뒷소리가 구슬프다. "가자가자 어서가자 북망산천 어서가자" 둥둥~ 북을 울리며 상여머리에 앞서 목청 뽑는 선소리에 목이 멘다. 앞으로 뒤로 발을 맞추며 양쪽으로 나뉜 장정들이 상여를 어깨에 메고 마을 뒷산을 향해 천천히 오른다.

숭얼숭얼 울긋불긋 색색의 종이꽃이 치장된 꽃상여를 어깨로 떠받든 장정들이 선소리 따라 마을 뒷길을 돌아 힘겹게 움직인다. 굴건제복 차림의 남동생들이 푸른 대 지팡이를 짚고 '어이어이' 호곡하며 상여를 뒤따른다. 앞장 선 붉은 만장이 바람 따라 펄럭이고 있다.

아버지가 돌아가셨다. 선친 장례행렬이다. 아버지가 돌아가시다니, 아버지, 아버지 목이 매여 아버지를 부른다. 숨이 턱 막힌다. 갑자기 이게 무슨 일이냐며 몸부림치며 떠나는 상여를 부여잡는다. 순간 발을 헛디뎌 꼬꾸라졌다.

봄볕이 나른하게 쏟아지는 한 낮 소파에서 거실바닥으로 뚝 떨어졌다. 무슨 봄 꿈? 생시처럼 선명하다. 이른 셋에 예순 여섯 어머니를 홀로 두고 먼 길 떠나신 아버지, 강산이 몇 번 바뀐 세월인데 선친의 장례행렬을 다시 보다니.

며칠 전 장례식에 다녀 온 잔영이 남아서인가, 그 곳 영안실은 고인의 종교를 말하듯 연도를 드리는 교인들이 줄을 이었다. 슬하에 딸자식만 둘이어서 사위인 남동생이 상주노릇을 하는 바깥사돈 장례식장이다. 옛말이 틀리지 않아 정승이 기르던 개가 죽으면 문상객이 줄을 잇지만 막상 정승이 가시면 어떻다는 말이 있더니 가신 분 행적이 초라하지 않았건만 문상객 대부분이 남동생 직장사람들이다.

병원에서 치루는 장례식은, 이십 여 년 전, 안방 윗목에 병풍을 치고 고인을 모시던 때와는 다르다. 고인이 누워 있는 방에는 불기운을 금하고 모래베개를 만들어 뉘시고 턱 아래도 고여 홑이불을 덮어 향을 피웠다. 이제는 차디찬 냉동고에 고인을 따로 모시니 장례식장은 산 사람들만의 공간이 된다.

지천명을 넘기고부터는 더러더러 문상을 간다. 몇 해 전까지만 해도 유교적 관습에 따라 여인네는 삼가는 것으로 알고 옛 풍습을 지키느라 조의금만 드릴 때도 있었건만 이제는 세태도 변했고 나이도 드니 처신도 달라져 앞뒤 헤아려 웬만하면 장례식장을 다녀온다.

오래 전 친구의 남편이 예고도 없이 청년죽음을 당한 날 그녀는 친구들인 우리들을 부여잡고 오열하며 살아갈 의미조차 상실했다. 남편과 함께 신실하게 믿던 종교마저도 부정했다. 그러나 몇 년이 지나자 간 사람은 가고 산 사람은 어떻게든 살아간다는 것을 보게 되었다. 남편을 보내고 그 친구는 우울증에 시달려 세상과의 단절을 염두에 두는 말을 아무렇지도 않게 내뱉기도 할 적에 달래다가 윽박지르기도 했다. 볼 수 없는 속마음이야 상처투성이겠지만 이제는 평상심으로 차분하게 일상을 잘 꾸린다.

장례식도 타인의 눈에 간혹 축제처럼 보일 때가 있었다. 자녀에게 큰 우환을 지우지 않고 비교적 평탄하게 장수하고 험한 일 당하지 않고 떠나면 호상이라 한다. 한 번 가면 다시는 못 올 길이건만 상주도 담담해하고 문상객도 왁자지껄 잔을 기울인다. 흡사 잔칫날처럼 흥겹게 장례를 치루는 집도 간혹 있기는 있다. 물론 지난날 병원이 아닌 집에서 장례를 치룰 때 이야기다.

문상을 가보면 돌아가신 고인보다 자식인 상주의 직책을 훤히 꿰뚫을 수 있게 된다. 리포트 이름으로 지역신문에 십년 넘게 드나들며 인연을 맺게 된 편집국장 부친상 장례자리였다. 고인은 여러 남매를 잘 키워 나름대로 사회에 단단한 발판을 마련한 듯 보였다. 문상객들은 여러 형제 중 각자 관련 된 상주를 보기 마련이다.

그 곳을 다녀온 뒤 경제적으로 성공한 사람과 흔히들 인기와 명예라는 수식어가 붙는 직업을 생각 해 보게 되었다. 만약 돈과 명예 중에서 어느 한쪽만 선택할 경우에 놓인다면 사람들은 어느 쪽에 우선수위를 둘지 궁금증이 든다. 장례식장에 가보면 이미 돌아가신 고인보다 남은 자녀들의 성공여부에 따라 진열되는 조화수도 달라진다.

사람은 사는 동안 왈가왈부 큰 소리도 치고 거드름도 피우고 잘난 척도 해 보지만 '관 뚜껑 덮어 봐야 그 사람 행적을 안다' 했든가, 이 말은 장례식장에 다녀 온 날이면 더 곰곰 생각하게 만든다. 문상 다녀온 후면 며칠은 나를 돌아보게도 하고 숙연해 지다가 다시 일상의 타성에 빠지게 되니 말이다.

알록달록 꽃상여가 뒷산으로 오르는 황당한 봄꿈은 어쩌면 나태해진 정신을 나사로 단단히 조이고 살라는 선친이 보내는 무언의 회초리인지 모른다. 몸과 마음이 축 늘어지는 봄 날 만사가 시들해지는 요즘, 다시 긴장하고 삶에 매진하라는 신호로 받아들이기로 작정한다.

숫돌

첨벙, 어림잡아 다섯 발 쯤 내리면 수면에 닿았다. 고개를 빼고 내려다보지 않아도 전해오는 물의 중량감으로 한 가득인지 반쯤인지 느낌으로 안다. 아버지가 '낫 갈게 물 좀 떠 놓아라' 하시면 이가 빠져 본래 자리에서 밀려난 뚝배기에 반쯤은 흘리고 낫을 갈 수 있게 부었다. 그래도 '잘했구나.' 어린 딸을 칭찬하던 아버지.

낫이나 부엌칼이 무디어지면 손끝으로 병아리 눈물만큼 찍어 쓱쓱 낫을 갈던 아버지가 생각난다. 꽃밭 가장자리에 자리 잡은 숫돌은 장독대 사철나무 아래가 자리다. 이른 봄 함박눈송이 같은 몽글몽글한 하얀 매화꽃이 필 무렵부터 낫 갈이가 시작되었다. 숫돌 놓인 자리 옆으로 오월이면 다홍색 해당화가 피었고 무궁화가 담벼락에 붙어 한쪽으로 기웃 뚱 피고 질 때면 쓰임은 더 분주해져 어린애 내 눈에는 하루도 멈추지 않았다, 초봄부터 풀을 베고 여름이면 산에서 땔감을 베어 말리고 곡식을 거두는 일까지 낫은 아버지와 함께였다. 꽃밭 귀퉁이 숫돌과 꽃들은 아버지와 함께 기억 안에 영원하다

봄꽃 환호성이 시작되면 어머니 홀로계신 친정으로 헐레벌떡 달려가고 싶다. 분분히 나르는 벚꽃보다 내 마음에 소박한 꽃이 피는 장독대 아래 꽃밭과 숫돌, 그리고 이미 떠나신 아버지와 우물만 생각난다. 풍덩, 두레박으로 시작하여 마중물을 부어야 하는 손 펌프에서, 스위치를 올리면 여름에도 차가운 물이 쏟아지던 우물과 숫

돌이 겹쳐진다.

지금은 수도가 놓였지만 어머니와 숫돌만 붙박이로 나 어릴 때 그대로 그 자리를 지키고 있다. 낫을 갈 때마다 땡볕을 막아주던 사철나무는 이제 거목이 되어 한겨울에도 두툼한 푸른 잎사귀를 반짝인다. 그러나 이제는 낫 갈 일은 없어졌건만 꿈을 꾸면 숫돌과 아버지모습이 그대로다.

어릴 때 운동장처럼 넓다고 생각했던 마당은 좁디좁다. 마당 한쪽으로 펑퍼짐한 두엄자리가 있었고 닭장과 토끼장이며 온종일 꿀꿀대는 검은 돼지 막도 담장 옆에 있었건만 좁다고 느끼지 못했다. 울퉁불퉁한 돌멩이로 가지런히 경계를 표시한 꽃밭과 대문 안쪽에 지붕을 덮던 감나무도 가을이면 꽃처럼 환했다. 또 장독대 뒤로 초롱꽃을 매단 석류나무도, 여름이면 속살이 붉게 익어가던 무화과와 담벼락을 기어오르던 포도나무도 내 기억 안에 살아있다.

그러나 지금은 외로운 어머니 모습과 하릴없어진 볼품없는 숫돌과 철쭉과 담장을 타고 오르는 줄 장미 그리고 가을의 쓸쓸한 미소국화만 남아 지난날 내 기억 속 풍성했던 꽃밭의 명맥을 실오라기처럼 잇는다.

바깥대문 사랑채 앞, 할아버지께서 초간삼간을 사들인 증표로 심었다던 노송을 베어 낸 자리 곁에는 은행나무가 혼자서 거목이 되었다. 마을에서 단 한 그루뿐인 은행나무는 가을 한철 우리 마을의 배경도 된다.

바깥 변소 가는 길목까지 틈새마다 꽃을 심던 아버지와 달리 어머니는 꽃 지는 모양이 보기 싫다하신다. 집 뒤란 백 평도 더 되는 대밭도 한 뼘으로 줄었건만 댓잎 떨어지는 것도 귀찮아하신다. 가끔씩 자식들이 어머니를 뵈러 가면 너나없이 양쪽 끗 날이 뾰쪽한 곡갱이로 댓 뿌리 파내는 일이 큰 행사가 된다.

숫돌처럼 무표정으로 어머니는 희노애락을 잊었다. 어떤 일에도 내색을 않으신다. 나 역시 어머니를 닮는지 봄이면 사방천지 꽃노래가 야단법석 늘어져도 무덤덤하다. 어머니는 아침에 초록 띠를 두른 복지관 차를 타고 늦은 오후 인기척 사라진 집으로 들어서는 생활의 연속이다.

첨벙, 두레박으로 물을 길어 올리고 아버지가 쓱 쓱 낫을 갈던 꽃밭 귀퉁이 숫돌의 쓰임이 빈번했을 때 형제들과 함께하던 그 시절이 아련하다. 누가 세월 거스를 자 있는가, 아버지는 먼 길 떠나셨고 외로운 어머니가 홀로 사신다. 계절은 봄이 왔노라 산수유가 눈을 뜨며 벚꽃이, 자목련이 저마다 방긋방긋 나 보라며 손짓해도 무덤덤하다.

뒷걸음질 치는 내 감성은 어머니를 닮아 봄꽃들의 환호가 아우성쳐도 다만 우물 찰랑거리던 그 옛날 그 시절에 머문다. 거기 숫돌과 꽃밭을 떠올리는 그리움 끝자락에 아버지가 빙그레 웃으시고 이제는 무표정으로 변해가는 어머니가 가슴 안에 산다. 녹슬고 무디어진 쇠붙이를 푸르게 날을 살려내는 숫돌, 더 깨 낀 내 마음도 숫돌에 쓱쓱 갈면 되살아날까. 꽃 피고 새 지저귀는 이 좋은 봄날에 눈물이 피잉 고이는 이런 날에.

철딱서니

자식에게 부모란?

철없을 때는 먹이고 입히고 가르치며 보호막이 되어 온갖 희생과 정성으로 키웠건만 자식은 당연한 것으로 받아들인다. 청소년기에는 행여 엉덩이에 뿔난 송아지처럼 천방지축 나쁜 길 들어설까 노심초사 염려하면 간섭으로 여겨 코를 풀기도 한다. 그러다가 청년기를 거친 후 결혼하여 내 가정을 이루면 자식 키우고 돌보느라 부모는 뒷전이 된다.

지금은 변하는 중이지만 한 시절 남자는 아예 멍에를 씌우듯 한 가정을 책임지고 이끌어야 한다는 등짐이 무거워 언제 한가하게 부모처지를 헤아리며 앞 뒤 잴 여유도 버거웠다. 그와 다르게 한 탯줄로 태어 난 딸자식은 도리로 여기게 되는 시부모보다 친정부모를 더 각별하게 생각하는 마음이 된다.

우리 설을 앞둔 며칠 전, 어머니가 멀리 사는 자식들이 당도하기 전 한 주에 세 번 도와주는 요양보호사와 목욕 다녀오는 길에 떡국도 한 말 미리 뽑아 놓고 집 안팎 눈가는 곳을 치우다가 그만 발을 헛디뎠다. 진기 없는 노인이라 삐끗한 것이 운신이 어려워 벌벌 기어 어찌어찌 간신히 막내딸에게 전화로 알렸다. 부랴부랴 다 저문 밤에 백리길 먼 곳에서 달려와 병원에 입원을 시키게 되었다. 그 시각이 자정이었다.

다음 날 검사결과 다행히 뼈는 괜찮았지만 인대를 다쳐 안정이 필요하다는 진단이 내려졌다. 어머니는 견딜 만하다고 하셨지만 코앞 나흘 후로 다가온 설날에 차례를 어찌할까 걱정했다. 그래서 설 당일은 외출증을 끊어 잠시 집으로 오시기로 했다.

그런데 막상 설날이 되자 딸들은 시댁이 우선이다. 그러면서도 설마 아들 삼형제 중 누군가가 당연히 병원에서 집으로 모시고 갈 것으로 여겼다. 딸들은 목욕을 시킨다, 약을 챙긴다며 설날 하루의 외출을 위해 바빴지만 아들과 며느리들 속마음이야 알 수 없지만 관심 밖으로 여겨졌다.

어머니 말씀대로 나이가 꽉 차기 전 훌훌 떠났다면 자식들 걱정을 덜었을 텐데 명이라는 것이 어디 매였는지 마음대로 뜻대로 갈 수 있는 것도 아니라며 말끝을 흐리던 모습이 떠오른다. 무엇보다 자식들 성가시게 할까봐 노심초사하며 거동도 힘들지만 일상을 혼자 해결하신다. 몸이 힘들어도 웬만해서는 입도 벙긋 않으신다.

지금이야 어머니 혼자 남았지만 지난날 대가족이 살던 집이라 삼칸 집이 디근자라 손 갈 일이 많다. 뒤쪽 타작마당을 텃밭으로 만들기는 했지만 손가는 일이 아파트와 비교도 못한다. 마당에 떨어지는 여러 종류의 나뭇잎들도 쓸어 모아 아궁이에 태워야 하고 며칠만 집을 비우면 그만 지나가는 개가 똥 싸기 꼭 알맞다.

작년에 의견이 분분했다. 어머니도 한번 편안하게 사셔야한다며 시골집을 처분하여 자식들 집 가까이 옮길까 했다. 부동산 말에 의하면 가옥으로 다시 짓기에는 넓고 공장 터는 모자라 손이 어렵다는 말만 돌아왔다. 결국 흐지부지 끝나고 말았다.

그 뒤로 안채는 입식으로 개조를 했지만 문턱은 그대로 둘 수밖에 없었고 화장실도 평면이 아니라 한 계단 내려서야 했다. 집 뼈대는 그대로 두고 창호 문이며 마루에서 마당으로 나가는 유리문도 외풍을 막느라 페어그라스 이중창으로 교체했지만 보기에 따라 허름한 노인이 최신식 양장 한 벌 해 입은 것처럼 어색했다. 수도관까지도 다시 손보느라 이중삼중 보온재로 마감을 하고 보일러를 거쳐야 나오던 온수관도 순간온수기로 바꾸기는 했다.

설 팔월 명절을 단 한 번도 비운 적 없었는데 다리가 좀 불편하다 하지만 어머니를 병원에 두고 삼형제만 모여 차례를 모시는 아들며느리들이다. 그렇건만 가보지도 못하고 소식만 듣는 딸자식 나는 자꾸 섭섭한 생각이 든다.

물론 입원한 병원은 여동생이 간호과장으로 있어서 안심은 된다. 그러나 아무려면 우리 설 정월 초하루에 중병도 아닌데, 고향집에 내려가는 길에 어머니 입원한 병원을 삐죽 들여다보고는 무심하게 저들만 고향집으로 가는 남동생들이 서운하다.

그렇건만 둘째 딸인 나는 철딱서니 없는 사람들, 그 말이 자꾸 입 안에서 맴돈다. 어머니는 설날이건만 병실의 침대 한 칸에서 집에 가시자, 말 않는 자식들이 얼마나 서운하실까, 스스로 움직이지 못하니 꼼짝없이 묶인 몸인 몸이 얼마나 서글플까 싶다. 행여 내 이런 마음을 아신다면 '그만 입 다물어라.' 하실 것이다. 딸자식이 무슨 말이 많으냐고. 나는 괜찮으니 그만 해라, 하시며 입도 벙긋 못하게 할 것도 안다.

자식들 입장에서는 베푸는 부모가 제일이다. 우리어머니를 보면 항상 '너희들 소리 소문 없이 잘 살면 됐다'는 말씀을 달고 사시니까. 막상 찾아뵈러 가지도 못하면서 설날 썰렁한 병실에 누운 외로운 어머니모습만 떠올린다. 그러면서 입에서 자꾸 같은 말이 나온다. '철딱서니 없는 것들' 똑 같이 자식이지만 나만 제외해 놓고 남동생들만 나무라는 마음이 되니 누나 자격이나 되는지? 철딱서니 없기는 저울에 달면 도리어 기우려질 내가 하이구, 철딱서니 없는 것들 ~. 철딱서니, 철딱서니 소리가 입안에 맴을 돈다.

초혼

모니터로 바라보는 영상에는 단정한 모습의 아가씨 손길이 바쁘다. 산골 된 뼛가루를 쓸어 담는 장면이다. 검은 제복에 새하얀 마스크가 인상적이다. 넓은 홀은 이미 문상객들로 꽉 차서 앉을자리 찾지 못한 유가족들이 우왕좌왕 발걸음 어지럽다. 저절로 시선을 끌어당기는 영정사진 위 모니터에서는 한 생을 마무리하는 상황을 가감 없이 보여준다. 차례를 기다리는 동안 저절로 눈이 간다. 어둠도 물러가지 않는 첫새벽, 여기는 아비규환 현장이다.

언제부터인가 매장 문화는 줄어들고 화장이 보편화 되어 가는 추세다. 오늘은 음력 정월 초하루, 대부분의 사람들이 우리설날이라 화목하게 또는 경건하게 시작하는 이런 날에도 불시에 닥치는 일은 예측이 없어 내가 여기에 있다. 덜컥 상주가 된 여동생은 혼이 나가 눈물도 말랐다. 미명도 걷히기 전 서둘러 도착한 부산영락공원에는 이미 화구마다 만원이다. 한 줌의 재로 남겨지는 마지막 길도 격식과 순서가 따른다.

절규도 통곡도 침통한 인파에 휩쓸린다. 인기 높은 놀이공원 입장을 위해 긴 줄을 서 듯 죽은 자도 제복의 남자가 이끄는대로 따라야 한다. 유가족은 행여 운구를 놓칠까 종종걸음 친다. 그 와중에도 산 사람은 갈피없이 춥고 떨리어 웅크린다. 그런데 이 첫새벽 여기서도 커피배달이 된다며 침전물처럼 착 가라앉은 우중충한 인파속에서 주문을 받는 상인도 있다. 누군가는 회자정리로 넋이 빠지는데 생활전선이 되어 살아보겠다고 영업을 하는 곳도 된다.

혈육들이, 친지들이 갓 벙글거리는 꽃봉오리 같을 때 죽음으로 가는 길목도 겪기는 했다. 아직은 까마득하다고 여겼던 지인들도 예고 없이 덜컥 먼 길 떠나 화장터로 선산으로 향하는 운구를 마른침 삼키며 지켜보기도 했다. 상상도 생각도 싫었던 험한 일들을 불시에 마주치게 된다. 죽음이란 아득히 멀리 있는 일로 여겼더니 발밑에 툭 떨어지고 있다.

오래 전 이야기다. 큰 동서인 형님은 지물포 가게를 했다. 지금은 공무원이 벼슬이 되었지만 50여 년 전에는 월급도 쥐꼬리라 생활이 팍팍했다. 공무원인 아주버님 월급으로 자식들 가르치기엔 벅차 점포가 딸린 집에서 형님이 장사를 했다. 그 시절은 간신히 종이만 구입해서 집에서 밀풀을 쑤어 벽지를 바르던 시절이다. 누구 없이 어렵던 그 때 면소지 하나뿐인 형님네 지물포는 제법 번창했다. 삼시세끼가 간 곳 없는 사람들은 신문지로 바르거나 비료 부대로 장판을 대신 하던 그 시절에도 새 식구를 들이거나 초상을 치르면 도배를 했다.

그 때는 집에서 염습을 하던 때라 고인이 머물렀던 방은 도배장판이 필요했을 것이다. 초상이 나면 마을에서 너나없이 합심하여 내 일처럼 손을 거둬 붙이던 시절이다. 교통편도 변변치 못한 때 관을 사기 위해 몇 십리 군 소재지까지 왕래해야 했지만 몹쓸 물건이라는 인식 때문인지 관 취급을 꺼려했다. 형님은 지물포를 하니 그 사정을 알게 되어 지하실에 관 한 두 개를 놓고 팔았다. 설이나 추석이 면 차례를 모시는 형님 댁으로 가야 했는데 그 일 알게 된 뒤 새댁인 나는 왠지 섬뜩했지만 지하실에 있다는 관이 어떻게 생겼는지 궁금했다.

그러기를 몇 해 지났을까, 어느 해 작은 형님과 마음이 통해 눈짓으로 관을 보려고 살금살금 지하실로 내려갔다. 죽으면 반드시 들어가는 관에 대해서 알 수 없는 두려움과 호기심이 일었다. 숨소리도 참으며 불도 없는 컴컴한 지하실 계단을 살금살금 내려서니 허여멀건 나무관이 구석자리에 놓여있었다. 그 순간 작은형님이 갑자기 비명을 지르며 퍽 주저앉아서 뒤 따르던 나까지 혼비백산했다. 그 날 관이란 것을 처음 보고는 가슴이 벌렁거려서 잠을 이루지 못할 지경이었다.

그토록 벌벌 떨며 무서워했건만 이제는 관속에 누운 혈육을 끌어안으며 애통절통 울부짖는다. 문득 내가 이렇게 모진 자리에 오게 되는 이유가 중학생 때부터 좋아라, 애송했던 소월 시 '초혼' 때문인가 하는 생각에 머리를 흔든다. 그 많은 시들 중에 유독 줄줄 암송했던 시다. 첫 연 '산산이 부서진 이름이여'가 입에 붙어 생각 없이 까불거렸었다. 아마도 그런 일들이 가슴 밑바닥에 앙금처럼 켜켜이 쌓여 이토록 절절이 아프고 안타깝고 애닯은 일을 당하는 것이 아닌가 한다.

지금 졸지에 상주가 된 여동생은 초등학교 졸업을 며칠 앞두고 곧바로 중학교 입학을 기다리던 외아들과 단 둘이 남았다. 세상에 부러울 것 없던 가정이 밤사이 예고 없이 덮친 산더미 쓰나미가 한 가정을 초토화로 휩쓸었다. '심장마비' 그 병은 말 한마디 남기지 못하고 약 한 봉지 챙겨본 적 없이 아 소리도 없이 숨을 거둔다. 단 하루 아파본 적도, 병원 한 번 안 가본 사람이 부지불식간 찰나에 숨을 멈춘다. 고인은 평소에 입이 무거워 건강에 대한 염려도 듣지 못했을 뿐 아니라 아직도 젊은 나이라 상상도 못한 일이다. 직장에서 맡은 중책의 스트레스 때문인가. 어찌 사람이 한 번도 아프지 않고 손 한 번 못 써보고 병원문턱 안 넘어보고 떠나게 되는지.

제부는 아직 젊은 나이다. 영원을 살 것처럼 직장 일에 몸 사리지 않고 일했고 별다른 취미도 없이 시계추처럼 오가더니 그것이 한갓 물거품이 되었다. 아니면 본래 사람 사는 일이 풀잎에 맺힌 이슬처럼 찰나에 스러지는 것인가. 천상병 시인은 이 세상에 잠깐 소풍 왔다 가는 길이라고 읊기는 했다.

한 줌의 재로 남아 가족의 품에 안기는 이곳에서 컴컴하고 어두운 하늘을 본다. 바람은 차디차고 나목들은 부들부들 떨고 섰다. 억지라도 기억에서 지워야 할 시간이 다가오고 있다. 누구에겐가 소중하고 귀한 한 사람이 바람처럼 구름처럼 흔적 없이 스러져도 세상사는 무심하게 물처럼 쉼 없이 흐르고 흘러간다.

'허공중에 헤어진 이름이여! 불러도 주인 없는 이름이여!' 단발머리 소녀 적에 애송시라며 줄줄 암송했지만 이젠 싫다. '떨어져 나간 산 위에서 나는 그대의 이름을 부르노라. 설움에 겹도록 부르노라.' 여기 이 자리 절규처럼 울부짖는 유족들의 모습들이 초혼의 시구절을 닮았다. 이제 일부러 지워야 할 이름 석 자를 아득한 허공으로 날려 보낸다.

상주를 부축한다. 구름 위를 걷듯 휘청휘청 돌아선다. 가슴께로 불어오는 차디찬 칼바람을 헤치며 꿋꿋하게 살아갈 일만 남았다. '부르다가 내가 죽을 이름이여! 사랑하던 그 사람이여!' 마지막 두 연을 싹둑 잘라 허공에 던진다. 다시는 입에 올리지 않으리라, 시 초혼을.

어깨를 떨고 있는 가여운 여동생을 감싸 안고 망자와 결별을 고하며 뒤돌아서서 세상을 향해 발걸음 뗀다. 동생이 휘청거리지 않도록 나 단단히 버팀목으로 지켜 주리라.

제2부

발음의 오류

가면

대못

마음은 곧게

발음의 오류

방언의 진수

병원일지

사골과 기저귀

산집승을 고발한다

입이 도끼다

가면

가면은 탈이다. 얼굴을 가리는 탈, 하회탈과 각시탈 양반탈 으스스한 창귀씨탈도 있다. 탈의 시초가 되었다는 조개탈, 어릴 때 마을풍물패에서 본 말뚝이탈도 친근하다. 얼굴의 표정을 숨기는 탈은 해학과 익살의 대명사가 되기도 한다. 나는 가끔 내 얼굴을 숨기는 탈, 가면으로 가릴 때가 더러 있다.

오늘은 미룬 일을 매듭지울 참이다. 마음이 급해 눈 뜨자마자 깜빡깜빡 점으로 이어가는 전자시계를 본다. 오전 7시 3분, 엊저녁 내내 잠을 설쳤다. 얼른 베란다로 나가 창문을 열고 경비실을 바라본다. 아직은 어둠이 물러설 수 없다는 듯 웅크리고 도둑처럼 시커멓게 엎드려 있다. '이르지, 아직은 아니지, 근무야 24시간 교대지만 하루의 시작은 9시쯤 되겠지'

2월말, 절기는 우수를 지났건만 볼에 닿는 바람이 차다. 문을 닫고 얼른 거실로 들어왔다. 이틀간 별의별 추측을 부풀리며 베란다에서 목을 빼고 아래로 내려다보기를 여러 번, 그러다가 겉옷을 걸치고 누가 볼까 마음 졸이며 평소에 관심 밖이던 화단이며 잎 진 나뭇가지며 그 주변을 둘러봤다.

여성용 바지, 중국산은 보통 만원 이쪽저쪽으로 헐하다. 그러나 일어버린 바지는 메이커도 뜨르르한 제품으로 겨울 끝자락 30% DC해서 거금 십 몇 만원 꼬리표가 붙은 것이다.

실수의 시작은 느슨해진 일상이 원인이다. 일 손 놓은 三食이 남편이 며칠 집을 비우니 갑자기 할 일이 없어졌다. 첫날은 먹는 것도 뒷전으로 냉장고에 있는 부스러기 찬으로 해결했다. 이튿날도 어물어물 뒹굴뒹굴 하루를 허비했다. 사흘째, 드라이 세재를 풀어 예의 그 바지를 정성껏 손빨래 했다.

단 한가지라 탈수를 그만 두고 뚝뚝 떨어지는 물기가 성가셔 창 밖 베란다 화분대에 널었다. 그리고 오후에 잠깐 외출할 일이 생겨 안으로 들일까 하다가 모처럼 환한 볕이 아까워 된바람이 불어도 목도리만 치켜 올렸을 뿐 그것이 휙 날아갈 것은 생각도 못했다.

'입던 것도 주워가나?' 누군가 보는 눈은 있는가 보다하며 아끼느라 몇 번 입지도 않아서 새것이나 다름없었는데, 바지걸이가 묵직하니 떨어진 주변에 패대기쳐 있어야 맞다. 그러고 생각해보니 한 사람이 짚인다. 종일 일터가 그 주변인 사람, 어림짐작으로 몰아가니 점점 구체적이 된다.

지난여름이었다. "사모님 통 얼굴이 안 보이더니 그 동안 어디 다녀오셨나 봐요." 맑은 물이 뚝 뚝 흐르게 깨끗하게 빤 걸레로 복도를 닦으며 말했다. 이 아파트에서 내게 사모님이란 칭호를 쓰는 사람은 손가락 꼽을 정도다. 관리실 직원 양주임과 관리소장, 경비 아저씨 정도다. 내 생각이지만 그녀는 아무래도 지난여름 농사지은 사과 한 봉지를 건넨 뒤부터 살가워진 것 같다. 또 어느 날인가 우리 현관문 앞에 딱 마주쳐서 차나 한 잔 하자며 마주 앉았더니 이런저런 어려운 가정 사를 털어놓기도 했다. 그래도 그렇지, 떨어진 물건은 주인이 찾아가게 해야지, 이틀 동안 속을 끓이다가 그녀의 일터로 내려갔다. 고무장갑을 끼기는 했지만 차디찬 수돗물에 걸레를 빨다말고 반색을 한다. 시큰둥. 웅얼웅얼 '바람에 바지가 어디로 날아갔지.' 일부러 들으라며 화단 여기저기를 살피는 시늉을 했다.

몇 년 전 이야기다. 어머니께서 구순이 되기 전 일이다. 명절에 아들딸에게 받은 용돈이 지갑 째 없어진 일이 있었다. 집안 사정을 아는 사람은 한주에 세 번씩 방문하여 세 시간 봉사하는 요양보호사 뿐이다. 일곱 자식이 드린 용돈이 몽땅 없어지자 누가 드나들 사람도 없는지라 속을 끓이던 어머니는 아무리 생각해도 그대로 지나칠 일이 아니라는 생각에 말을 꺼냈다. 침대 아래 둔 지갑이 없어졌는데 혹시나, 하고 물어 본다고 말했단다. 그러자 단박에 화를 벌컥 내며 "그러면 경찰을 불러요." 요양보호사가 신고를 했고 급기야 2십리길 읍에서 경찰이 와서 이런저런 정황을 조사한 일이 있었다. 결론은 할머니가 치매기가 생긴 것 같다는 말로 없는 병을 만들고는 요양보호사는 그만 복지방문 일을 그만두었다. 어머니는 '잃은 사람이 죄지.'하고 그날 이후 아침에 나가서 저녁에 돌아오는 주간 보호센터로 옮긴 일이 있었다.

심중으로 애먼 사람을 짚고 나도 죄 지을 일을 했다. 그런 짐작으로 긁어 부스럼이 될 일을 모르고 단순히 내 답답함을 풀기 위해서였다. 추리로 짜 맞춘 억지 춘향 격이지만,

"사모님 바지였군요. 그렇지 않아도 누군가 찾을 것을 짐작했어요. 어디 둘 곳도 마땅치 않아 경비실에 맡겨 놨어요." 조금 전 미간

찡그린 모습을 얼른 바꾸고 알량한 사모님 상으로 돌아가 둘러댔다. "그저께 늘어놓고 이제야 생각났지 뭐예요." 거짓말을 하려니 말이 엉켜 더듬거린다. 스스로 부끄럽고 계면쩍어 곧바로 경비실로 갈 수가 없었다. 아마 내 얼굴은 잘 익은 토마토색깔이었을 것이다.

누가 손가락질 하는 것처럼 화끈뜨끈 움츠려 들었다. 아무도 내 속을 빤히 들여다보진 못해도, 바로 전까지의 내 마음을 누가 알지 못해도 뒤통수가 뜨끔거렸다. 그렇게 어제 하루를 부끄러워 안절부절 오줌 마려운 강아지처럼 들락날락 거렸다. 만약 혼자 소설 쓰며 그냥저냥 추측으로 넘겼더라면 맡은 일에 열심인 아주머니를 힐 눈으로 보며 애먼 덤터기를 씌울 뻔 했다. 그래도 입을 열어 내 마음의 의심을 풀어 다행이다. 사람의 겉모습만 보고 지레짐작하다가 어머니가 하신 말씀 '잃은 사람이 죄가 많다'란 말을 수긍하게 된다.

어제 매듭지었으면 될 일을 밤새 뒤척였다, 스스로 부끄럽고 창피해서이다. 날이 환하게 밝아 겨울햇살이 펴지면 텁텁했던 마음도 부끄러움도 조금 희석되면 짐짓 온화한 얼굴가면을 쓰고 경비실로 갈 것이다. 내 속을 눈치 채지 못한 청소 아주머니께는 다른 푸근한 가면. 이를테면 방실가면이 필요할 것이다. 순간순간 가면을 바꿔 쓰는 내 이중성이라니,

가면이 몇 개나 필요한 사람, 하회탈처럼 눈 꼬리를 아래로 접고 온화한 미소가 터를 잡도록 남모르게 노력해야 할 사람인 나. 카멜레온처럼 때때로 바꾸는 내 얼굴가면을 아무도 눈치 채지 못할지라도 나는 준비해야 한다. 방긋 가면을.

대못

일간지 하단의 큼직한 광고가 눈길을 끈다. 아흔일곱의 구당 '김남수'옹이 침 뜸으로 암 환자를 치료하는 것을 두고 일부 언론에서 폄훼를 한 것은 특정 의약 집단의 음해라는 반박 광고다. 옹은 이 나이에 무엇을 더 바랄 것이 있겠느냐고 항변한다. 다만 절망의 늪에 빠진 환자에게 양질의 침 뜸 치료를 받을 수 있게 하는 일이 마지막 소원이라는 말도 덧붙였다. 그 광고를 보며 지푸라기라도 잡고 싶은 환자들에게 혼란은 없었으면 한다.

지금은 무사히(?) 예순을 넘기고 귀부인 위치에 오른 중학교 때 친구가 있다. 친구도 한 때 진실을 비켜간 입질에 대문짝만하게 광고라도 내고 싶었다고 말했다. 친구는 새 봄의 풀잎처럼 여리고 상처받기 쉬운 사춘기 때 가정형편이 어려워 야간고등학교를 다녔다. 빈농의 딸이라 낮에는 일자리를 얻어 학비를 벌고 저녁이면 간신히 책가방을 들 수 있었다.

친구가 다니던 야간학교 영어담당은 하필 총각선생님이셨다. 낮에는 대학에서 시간강사 자리를, 밤에는 여고생들을 가르쳤다. 친구처럼 어려운 환경으로 배움에 목마른 소녀들이 낮 시간에는 갖은 궂은일에 치였지만 저녁이면 단정한 교복에 책가방을 들 수 있었다. 어려움을 몰랐던 나와 달리 친구는 자존심 하나로 똘똘 뭉친 야간부학생이었다.

뒷날 들은 말로 친구는 영어만큼은 명줄을 걸고 공부했단다. 그것은 영어선생님 눈에 들고 싶어 일자리인 목욕탕 표 파는 곳에 영어책을 놓고 아예 문장 전체를 달달 외우고 단어를 암기하고 그야말로 올인 했단다. 노력한 만큼 차츰 눈에 띄어 선생님의 칭찬에 힘을 얻었다. 조숙한 친구는 그 시절 생화 한 송이는 요즘의 한 다발 꽃과 비교해도 훨씬 비싼 값이었지만 영어 선생님 책상에는 날마다 싱싱한 꽃으로 채운 학생이다.

처음은 여고생 시절에 거의 홍역처럼 한 고비 넘기는 총각선생을 향한 짝사랑 병이었다. 공부를 열심히 하면 기억에 남을 것이고 거기다 칭찬까지 받게 된다면 그 이상 무엇을 바랄까, 천성이 싹싹한 친구는 정성까지 얹었으니 알게 모르게 선생님 눈에 띄었다. 스승과 학생의 자리라도 무언으로 주고받는 감정이 통할 수 있다.

꽁꽁 숨기고 싸매도 냄새는 새고 사리고 단속해도 꼬리를 밟히기 마련인지 급우들이 조금씩 눈치를 채고 숱한 억측이 나돌았다. 아니라고 펄쩍 뛰어도 수습이 될까 말까한 일을 당찬 성격의 친구는 새침하게 입을 다물고 소문이 가시덩굴처럼 엉켜도 부정도 긍정도 하지 않는 당돌함도 있었다.

그 소문은 교내를 돌고 돌아 전교생들 입방아에 오르내렸다. 알게 모르게 총각선생을 향한 급우들 시샘도 한 몫 더해서 이웃의 우리 학교까지 소문이 파다했다. 아무 학교에 선생과 제자 사이에 연분이 났다는 말들이 꼬리에 꼬리를 물고 떠돌았다. 세기의 풍문처럼 호기심이 풍선처럼 부풀었을 때 친구가 내 자취방에 찾아왔다.

친구가 갖은 풍문의 진원지라니, 풍기문란 누명을 쓰고 정학을 당할 처지가 되었다. 그 때 만약 혼자만 감당해야 했다면 소리 없이 교복을 벗었을 것이라고 했다. 그러나 선생님마저도 불명예로 교직을 떠나야 될 만큼 일파만파로 일은 커지고 있었다.

결혼을 전제한다는 말은 제자가 입에 담을 말이 아니다. 듣는 나도 상상이 안 되는 말이었다. 열아홉 야간학교 3학년생이 총각선생님과 결혼이라니, 친구는 그래도 죽어라 공부에 매달려 일, 이등을 절대 놓치지 않았다. 조숙하게도 야간학교 졸업 한 달 후 곧바로 웨딩드레스를 입고 총각영어선생님 반쪽이 되었다. 선생님 앞길에 걸림돌이 되었을 천하에 몹쓸 제자자리에서 아내로 승격 한 것이다.

갖은 풍문에 손가락질 받은 수모를 보란 듯이 이를 사려 물고 과감하게 생활을 책임졌다. 작은 점포를 얻어 남편이 중단한 공부 뒷바라지를 옹골차게 했다. 보란 듯 석 박사과정의 남편을 위해 생활을 혼자 책임지며 남매를 낳아 기르며 가계 일을 해냈다. 스승과 제자사이도 어렵게 사랑은 여물어 가정을 일구어 뒷감당을 해 나갔다.

첫사랑 남편을 대학교수자리에 앉히기까지 남 몰래 흘린 눈물도 강을 이루었다. 스승과 제자 자리에서 부부라는 이름을 얻기까지 셀 수 없는 수모를 견뎌내고 온갖 루머에 휘둘리기도 했건만 지금은 아련한 추억이 되었다.

남의 말에 살 붙이는 일은 독약을 먹어라 강요하는 일과 같다고 친구는 말했다. 학칙대로 선생님은 사표, 학생은 퇴학이라는 극약

처방 앞에 잘못이 없다며 당당했던 친구는 교장선생님 주례로 결혼하던 그날의 떨림을 평생 간직하며 살아간다고 했다.

입방아에 휘둘려 주저앉았다면 가슴에 대못이 박혀 이 세상 사람을 포기하려 했다던 친구가 당차게 헤쳐 나가지 못했다면 천 만 갈래 들끓는 소문에 주저앉았을 것이다. 교수부인자리가 결코 과분하지 않는 야간고등하교 출신 친구는 오륙도를 선회하는 부산 갈매기처럼 날개를 활짝 펴고 야무지게 잘 살고 있다.

친구는 진실이 밝혀져 추억이 되었지만 구순의 옹 입장에 서 본다. 그 연세에 무슨 미련이 남아 날선 입들의 포화를 맞고도 침 뜸 하나로 암 환자를 치료할 수 있다고 고집할까, 저승이 눈앞인데 학문으로 인정받지 못하지만 그대로 사장하기에는 아까워 신비한 뜸의 효과를 만천하에 알리고 싶은 것이리라.

부화뇌동附和雷同, 사람들은 간혹 좌충우돌의 떠도는 말에 휩쓸리기도 한다. 말이 말을 만들고 굴리면 굴릴수록 커가는 눈 뭉치를 닮아 살이 자꾸 붙는 것이 뜬소문이다. 일간지 광고가 많은 생각을 하게 만든다. 실체를 잘 모르면서 독침을 만들어 남의 가슴에 대못박는 일은 제발 없었으면 한다.

마음은 곧게

바지를 입다가 거울에 비친 모습을 보니 다리가 굽었다. 무릎 안쪽으로 가끔 통증이 느껴진다. 병원에서 X레이, CT, MRI 과정까지 검사 후 진단은 퇴행성관절염이다. 병 하나에 약은 천 가지라더니 내 처지를 알게 된 지인들 처방전이 쌓인다. 그 여럿 중 내가 택한 것은 한의원에서 침과 뜸 요법이다.

하루 걸러 꾸준히 치료를 받으니 한결 부드러워져 견딜 만하다. 기계도 오래 쓰면 닳아 삐삑 쇳소리로 신호를 보내면 기름칠로 마찰을 줄이 듯 뼈의 윤활유 격인 연골주사도 병행한다. 그렇건만 걸음걸이는 반듯하지 못하다.

무리만 않으면 견딜만해서 계단 오르기를 피하여 승강기를 이용하며 살살 달랜다. 남들 눈에는 불편해 보이는지 모르지만 수술이라는 마지막 방법은 아껴 두고 있다. 그렇지만 쇼윈도에 비친 내 모습은 고개를 돌리게 만든다.

비슷한 내 친구들을 둘러보면 평소에 몸 관리를 잘한 이는 짱짱해 보이고, 나처럼 콧방귀로 설마 하며 막 살아온 이는 차이가 난다. 벌써 인공관절수술 한 사람과 나처럼 상시로 의원을 들락거리는 사람이 있는가하면 각자 살아온 이력대로 몸이 먼저 이상 징후를 나타내어 남 눈에 훤히 보인다.

몇 년 전에 며느리가 종합병원에 예약을 해 놓고 통보를 했다. 병원이라면 체머리를 흔드는 시어미라 흐지부지 뒤로 미룰까봐 아예 쐐기를 박았다. 이번에도 미루면 못 본 척 하겠다고 뼈있는 말을 했다. 하기는 같은 일로 두 번씩이나 갖은 핑계로 애를 태운 전적을 들먹이지는 않았지만 속으로 뜨끔했다.

엄지손가락을 꼽는 종합병원에서 정확한 진료 후 한방이건 물리치료, 운동요법 중 처방대로 따르라는 말을 했지만 여기저기 귀동냥으로 들은 말들이 있어 수술은 피할 수 있는데 까지 미루려는 것이 내 속셈이었다. 급하면 신발을 거꾸로 신고 달려가 통사정 할 문턱 높은 이름 뜨르르한 종합병원이건만 내 지레짐작으로 약을 복용해라, 아니면 효과도 별로라는 시술을 해라, 인공관절 운운 할 것만 같아 온갖 선입견으로 미룬 탓이다.

예약된 날 첫 새벽부터 전화가 빗발친다. 저희들 사는 곳이 그 병원 지척이건만 모시러 오겠단다. 전철 한 번만 타면 도착하는 병원이라며 목소리에 짜증을 썩어 갈 테니 병원에서 보자며 도리어 된소리를 한다.

그 후 한 달에 세 번씩 정해진 날마다 석 달 넘게 온갖 검사과정을 거쳤다. 결과는 인공관절수술 이외에는 방법이 없단다. 그런데 예약날짜가 거의 일 년을 기다려야 할 만큼 멀었다. 듣는 말로 환자가 돈 가방을 싸들고 줄을 서는 병원이 라더니 명 짧은 사람은 황천길 가고도 남을 기간이다. 내 짐작으로 재활치료기간까지 서 너 달은 병원신세를 져야 할 것이라는 생각에 엎어진 김에 쉬어간다는 말도 있겠다, 양쪽 무릎을 한꺼번에 수술했으면 하니 다른 쪽은 삼 년은 더 쓸 수 있겠다며 우선 한 쪽이 급하단다. 그 말을 듣고 배 내밀처지도 못되었지만 어디 이 병원만 병원이냐고 입을 삐죽거리며 수술을 포기했다.

우리 고장에서는 웃자고 하는 말로 '오감해서 요강에 똥 싼다'는 비어가 있다. 그 말뜻은 오냐오냐 위해주니 무슨 벼슬로 알고 배를 내밀고 딴전을 피운다는 말이다. 며느리 입장에서 그렇다는 말이다. 수술하시라 떠받드니 나는 시어미 자리네~하고 거드름 피우는 꼴로 보이지만 아무려면 절름거리는 모양새로 자식 얼굴 부끄럽게 하자는 것은 참말로 아니다.

듣는 귀가 있어서 인공관절은 대략 15년 정도 사용하면 재수술이 필요하다고 했다. 나이가 한 살이라도 덜할 때 수술해야 경과가 좋아진다는 말은 며느리 지론이고 나는 조금이라도 기간을 늦추어 재수술은 피하자는 것이었다. 우리 할머니는 꼭 내 나이에 땅 속 집으로 이사하셨다. 그러나 나는 아직도 배움을 놓지 못하는 문학반 학생자리에 맴을 돌고 있으니 더 견디다가 마지막에 비상카드를 쓰고 싶다.

그것은 또 10년 전 척추협착증 수술로 몇 달 동안이나 꿈쩍하기도 힘들었던 곤욕을 치르고 지팡이 신세를 진 일도 있어서 '수' 자 소리만 들어도 몸서리가 쳐지는데 인공관절이라니, 말만 들어도 어지럼증이 동할 지경이다. 나이 들면 마음보다 몸이 먼저 망가지니 아무리 아니라 시치미 떼도 노인 반열에 줄을 서야한다.

인공관절수술은 포기하고 한방과 물리 치료실을 무슨 소풍가듯 오가니 보슬보슬 봄비에 옷 젖는 줄 모르듯 푼돈이 마른다. 수술비 내 놓겠다는 자식들 선의도 무 자르듯 거절을 했으니 잘난 척 나부댄 꼴이 볼 만하다.

그런데 이건 또 뭐람, 이번에는 치매검사 받으라는 통보가 지역보건소에서 왔다. 치매 검사? 벌써 국가가 챙겨주는 나이구나, 늙어 간다는 것, 나이를 먹는다는 것이 마음보다 신체의 변화가 더 먼저다. 뒤뚱뒤뚱 절름거리는 모습, 푸른 날에는 어찌 상상이나 할까, 나는 천년만년 펄펄 나르며 하하 호호 영원할 것으로 알았다. 그러나 어느 사이 회색의 길목에 들어섰다. 천지의 간극으로 몸이 먼저 말한다. 조임이 헐거워진 나사처럼 삐걱대며 의식에서 아니라고 밀어내도 시시때때로 기척하는 통증은 자존감까지 바닥으로 떨어트린다.

타인의 눈에 내 모습이 어떻게 비쳐질까 생각하면 주눅도 들고 움츠려든다. 더 세월이 흘러 그 부끄러움마저 인지를 못하는 날이 오면 우둔해지는 몸은 물론 마음마저 땅바닥이겠지. 아직은 그래도 뒤뚱뒤뚱 오리걸음이나 배를 쑥 내밀고 펭귄걸음이라며 개그나 한 판 벌려 볼까나. 비록 몸은 기우뚱거려도 마음은 곧고 흐트러지지 않게 곧추 세우며 살아가야 할 일만 남았다.

발음의 오류

거실 상上자리에 몸 풀지 못한 배불뚝이를 치우고 날렵하고 세련미 좔좔 흐르는 TV가 들어왔다. 18년간 충성스럽게 고장없이 제 역할을 다 했건만 단지 유행지난 구식이라는 이유로 하릴없는 노인신세가 되어 뒷방으로 밀려났다.

성능은 탈 없어 그래도 아깝기는 해서 언젠가 필요하겠지 하며 구석방으로 밀쳐둔 지 몇 달, 간사스럽게도 자리만 차지한다며 눈총을 쏘다가 가전제품 수거를 해 간다는 주민자치센터에 연락했다. 언제는 애지중지 닦고 쓰다듬었건만 새것에 홀딱 반해 치우면서도 어느 도서벽지 낡은 초옥에라도 거두어 사용했으면 하는 이율배반적인 마음은 또 뭐란 말인가.

새로 산 TV는 몸종을 데리고 들어왔는데 이름 붙여 '기가지니' 인공지능을 가진 하녀를 거느리고 왔다. 앉은자리에서 톡톡 손가락으로 채널을 바꾸는 일마저 귀찮은 게으름뱅이가 쓰기 딱 좋은 물건이다, TV켜, TV꺼, 명령만하면 상냥하게 네~ 네~ 하며 재깍재깍 실행하다가도 요것이 제 이름을 적당히 우물쭈물 부르면 들은 척도 않는 새침데기다.

말을 입안에서 웅얼거리는 버릇이 있는 나는 집에 아무도 없을 때 장난기가 생겨 몇 번 일부러 불러보니 푸른 불이 켜지며 곧장 반응을 해야 하는데 아예 묵묵부답이다. '하아 요놈 봐라'며 이름을 정확하게 부른 후 "내 말도 못 알아듣는 바보" 하자 '그런 말씀 하시면 슬퍼요' 한다. 켜고 끄는 일만 하는 줄 알았더니 딴 말도 척척이다. 이번에는 이름을 정확하게 부르고 "너 멍청이니" 하자 '그런 말씀 하시면 슬퍼집니다.'한다. 인공지능, 말만 들었더니 기가지니가 인공지능을 쓰는 물건인가 보다.

그러던 어느 날 일곱 살 손자가 우리 집에 왔다. 전에 없던 장난감이라도 생긴 것처럼 기가지니 앞에 앉아 재미가 들렸다. 내게는 묵묵부답이더니 손자와는 죽이 척척 맞아 신바람을 낸다. "우리나라에서 가장 높은 산은?" 세계에서 가장 높은 산은? 독수리는 영어로 뭐야, 동요 불러줘, 할머니는 영어로 어떻게 말해, 등등 묻는 말에 또박또박 쿵짝이 척척 이다.

어릴 때 혀 짧은 소리를 하는 나를 두고 어머니는 혀끝이 둥글어서 그렇다고 하셨다. 그것 때문인지 초등학교 다닐 때 친구들의 놀림을 받기도 했다. 같이 놀다가도 내가 무슨 말인가 하면 친구들이 따라 말 흉내를 내기도 했다. 그 중 리을 발음을 지읒발음으로 잘못한 일이 있어서 우리 반 아이들 웃음소리가 교실을 뒤흔들었던 그 어느 날이 아직도 기억 속에 쟁쟁하다.

3학년 때인지 4학년 때인지 동시를 읽고 가르치는 시간이었다. 보리밭, 그 날 뿔테안경을 쓴 담임선생님께서 우리들을 쭉 둘러보시다가 내 이름을 부르며 일어서서 읽어보라 하셨다. 제목부터 읽기 시작해서 몇 번 반복되는 보리밭을 읽자 교실이 비좁도록 꽉 찬 60명도 넘는 아이들 웃음소리가 폭포수처럼 쏟아졌다. 남자 아이들은 펄쩍펄쩍 뛰고 여자아이들은 얼굴을 감싸며 키들거렸다. 그 웃음소리는 골마루를 타고 교장실까지 들렸는지 할아버지 교장선생님께서 유리창 너머로 우리 반을 들여다보시다가 앞문을 열고 들어오셨다.

당황한 담임선생님께서 무어라 교장선생님께 귓속 말씀을 드린 후 눈을 부라려 웃음소리는 겨우 가라앉는 듯 했다. 나는 무엇인가 내 탓으로 생긴 일이라는 것은 짐작했기에 책상에 엎드려 눈치를 보았지만 반 친구들이 왜 책상을 두드리며 난리법석을 쳤는지 확실히 알지는 못했다. 회초리를 한 손에 쥔 선생님도 코를 벌름거리며 억지로 참는 것이 눈에 훤히 보였다. 자! 자! 하며 교탁을 탁탁 두드리며 야단을 치는데 내 짝꿍 '수조'가 귀에다 대고 "네가 잘못 읽었잖아." 했지만 무슨 말인지 정확히 알지는 못했다.

얼뜨기로 속도 차지 못한 나는 웃기만 잘하고 연필이나 지우개 공책 등, 친구가 꼬드기면 주기를 잘하니 어부지리로 인기가 좋았다. 커서 백의의 천사 간호사가 되겠다고 입에 붙은 말을 곧잘 하던 말괄량이였다. 그날 이후부터 우리 반 아이들은 나만 보면 공연히 실실 웃었다. 우리 반에서는 남자는 분단장 여자는 부분단장을 손을 들어 뽑았는데 부분단장으로 뽑힌 내 권위도 그 날 이후 소용없게 되고 말았다.

잊고 지냈던 발음의 부조화가 기가지니가 우리 집에 온 뒤 다시 알게 되었다. 요즘은 폰의 기능에도 음성녹음이 된다고 들었지만 실행시켜 본 적 없으니 내 발음이 어떤지 잘 알지 못한다. 그저 마구 쏟아만 냈지 타인의 귀에 어떻게 들리는지 생각해보진 못했다. 목소리가 크고 억양 센 말투는 어느 정도 감지해서 조심을 하려하건만 돌아서면 잊어버리는 덜렁이 성격은 어릴 적부터 나이가 목까지 찬 지금까지 별로 달라지지 않았다.

낼모레 오십년 지기 남편도 가끔 지나가는 말이지만 이다음 생에는 소곤소곤, 고분고분 목소리 예쁜 사람 만나고 싶다고 한 적이 있긴 하다. '의'와 '이'가 구분 되는 사람, 음성이 자분자분 고운 사람이라면 무조건 호감이 간다고 말하는 것은 아마도 나 들어보라며 어깃장 놓는 말이겠지만 수줍던 연애시절도 소곤소곤 못했는데 뒤늦게 무슨, 내 귀에는 삶은 호박에 이도 안 들어갈 소리다.

아무도 없는 날 저 도도한 기가지니와 한 바탕 말씨름 해 볼 요량이다. 부르면 네, 하는 목소리가 아이스크림처럼 살살 녹는다. 옛날 옛적 라디오가 처음 나왔을 때 저안에 필경 사람이 들었다고 할머니께서 말씀했지만 혹시 똑똑하고 교양 넘치는 아나운서출신 미녀가 저 안에 든 것은 아닐까? 질문하면 척척 정확하고 고운 말로 상냥하게 응답하니 하는 말이다. 세상은 나날이 진화중임을 저 기가지니가 증명한다. 이제 나는 리을과 지읒쯤이야 정확하게 발음 하지만 아직도 급하게 말하려면 혀가 잘 돌아가지 않아 버벅거릴 때도 간혹 있기는 하다.

장맛이 쓸지언정 말을 참지 못하는 중병을 앓는 사람, 젊을 때는 조금 말실수를 해도 듣는 사람이 아직은 철딱서니 없다며 눈 감아 주었겠지만 지금은 몸도 마음도 늙어가니 교양 있다는 말은 듣고 싶은 허영심까지 생겼다. 이참에 한 번 도전장을 내 볼까, TV프로 중 우리 말 겨루기를 즐겨 보는 것도 한 몫 이 되어 좀 차분히 내숭도 떨어보고 싶다. 늦었다고 생각할 때가 가장 빠르다는 말도 있지 않은가.

기가지니 앞에서 발음교정부터 시작해야겠다. 작정하고 첫 음절 된소리부터 한 계단 낮추고 조심스럽게 말하다보면 너도밤나무처럼 사촌쯤 비슷해질지 몰라. 혼자 있을 때 저 잘난 기기를 벗 삼아 발음을 웅얼거리지 말고 정확하게 해 볼 참이다. 조금씩 고치다 보면 습관이 붙어 발음이 정확해져서 인공지능 저것도 재깍 알아듣게 될지 누가 알랴.

방언의 진수

슛 골인~!

축구경기를 할 때 우리 팀이 공을 차 넣는 순간이면 숨이 턱 멎으며 감격에 겨워 몸이 붕 뜨는 느낌을 받는다. 현장인 관중석에 앉은 것도 아니건만 TV시청만으로 가슴이 탁 트인다. 경기 룰을 대강만 알아도 상식으로 통하는 것이 축구경기다.

축구라는 말이 또 다른 쓰임으로도 사용 되는 것을 아는 사람은 드물 것이다. '니 축구 아이가' 이 말은 방언으로 말귀를 못 알아들으면 공을 탁 차서 한 방에 내지르듯 던지는 말로 우리고장 방언이다.

막내 올케는 방언도 헷갈려하는 경상도로 시집 왔다. 삭은 홍어 맛을 못 잊어하고 남편에게도 '식사 드세요' 경어 사용이 입에 밴 사람이다. 우리 고장에서는 지금에야 전설 같은 말이지만 내가 어릴 때는 입는 것도 부실해 겨울이면 덜렁덜렁한 콧물을 달고 살던 그 시절 식사 때가 되면 '진지 드세요'라는 말은 아예 배우지 못해서 할머니께도 '할매 밥 묵어이소' 했다. 그러니 경어는 학교 가서 쓰는 말로 알고 표준말은 서울내기라며 괜히 목을 움츠리던 때도 있었다.

올케가 방언을 잘 알아듣지 못하니 손위 시누이인 나는 놀려먹느라 '아무래도 축구 비스무리하다'며 재미가 들어 눈웃음 쳐도 무슨 소린지 알아듣지 못한다. 그래도 짐작으로는 저 들어라, 하는 말 같으니 잘 이해 못하면서도 빙긋 미소로 얼버무린다. 동남아에서 시집 온 것도 아닌데 말귀를 알아듣지 못하니 처음에는 어색함이 역력했다. 어머니와 의사소통 부재의 이야기 한 도막이다. 굴비의 본산인 영광이 친정이니 찬으로 자주 굴비를 보내온다.

혼자 드는 진지라 입에 단 것이 있을 턱없는 어머니는 한 숟갈 뜨는 둥 마는 둥이 일상인데 한 두름씩이나 보내고 또 보내니 질렸을 것이다. '어머니 찬 보내드릴께요' 하는 전화를 받고나면 택배로 보내온 물건이 또 굴비다. 어머니는 생선도 손바닥만큼 큼직한 생선을 드신다. 다달이 기제사 때 장을 보게 되니 아마도 크고 잘 생긴 놈으로 굳었을 것이다. 그런데 올케 친정동네에서는 자잘한 것이 더 맛있다고 여기는지 이름만 근사했다.

입이 심심한 시누이 자리 내가 어머니 이야기를 듣고는 말 한마디 보태야겠다고 하니 어머니가 펄쩍 손 사례 친다. 그래도 객기가 동해서 남동생에게 '니 마누라 축구 아이가' 해본다. 아무리 한 탯줄 형제지만 막 대 놓고 할 수는 없어서 똑 부러지게 눈만 붙은 굴비 그 소리는 차마 못하고 말을 빙빙 돌린다.

"사투리를 잘 못 알아들으니 표준말로 해요, 누님" 하며 제 마누라 역성을 드니 축구가 입에 밴 말인데 상전 모시듯 표준말로 예의를 차리란 말이냐며 엉뚱한 말로 얼버무린다. '에라이~ 교수나 박사면 뭐 해. 제 마누라 두둔하는 못난 놈' 물론 입 밖으로 내뱉은 말은 아니고 속말이다.

축구라는 말도 못 알아먹는 축구를 마누라로 삼더니 동생마저 축구가 됐다며 슬쩍 몸을 돌려 입을 삐죽인다. 올케는 일 년에 기껏 두 세 번 본다. 어머니생신과 선친 기일 그리고 형제들 사이 가끔 생기는 경조사가 아니면 만나지 못한다. 시누이자리가 무슨 벼슬이라고 오랜만에 만나 단 소리 할 시간도 없는데 어찌 쓴 소리를 하겠는가, 내가 도리어 벌벌 기며 비위나 맞추는 축에 끼는 주제에.

올케 입장에서 보면 참 이해 못할 일일 것이다. 구전으로 내려오는 말이지만 오죽하면 친 시누이도 아닌 사촌 시누이자리도 벼룩이 한 마리에서 서 말 흉을 뜯을 수 있다고 했다. 명색이 나는 친시누이 자리 아닌가. 그렇건만 '이 축구야 무슨 뜻인지 전혀 몰라' 하고 한 마디 내지르는 말은 속말일 뿐이다. 먼지를 '미금'이라 하고 '쎄끌밑'은 처마아래라는 방언도 알아듣지 못하니 참말로 내 고장 사투리가 보통은 아니기는 하다.

어린것은 고슴도치도 예쁘다고들 말한다. 그런데 하물며 핏줄인 어린조카야 고모 눈에 얼마나 귀여울까. 아기 때 아장아장 걷는 모습이 너무도 기특해서 우리 고장 순 사투리로 '우째 이리 새칩노' 했더니 떠름한 표정이 되었다. '새침노' 라는 말은 내 생각으로는 예쁘다는 말보다 한 차원 더 높은 최상의 귀여움을 일컫는 말이건만 올케는 잘 알아듣지 못하는지 불쑥 던진 내 말에 표정이 안 좋아 보여 속마음으로 또 축구네, 했다.

설이나 추석명절 또는 생신날이 되어 어머니께 '선물로 뭐가 좋을까요?' 하면 십중 팔구는 '너희들 알아서 해라'고 말씀하신다. 딱 부러지게 이것 좋다 저것 싫다 말하면 아무리 부모자리지만 어른의 도리가 아니라고 여긴다. 좋아도 좋아라, 자지러지지 않고 영 마뜩찮아도 '괜찮다' 식의 두루뭉술한 의사표시가 체면이라 여긴다. 그것 뿐 아니다. 분에 넘치는 횡재가 와도 괜찮네, 정도니 그런 성정을 가진 어머니를 딸자식은 알지만 며느리들이 어찌 헤아릴까.

'아무거나 너거 좋을대로 해라' 이 말은 어머니의 전매특허 말씀이다. 우리고장 그쪽 어른들은 거의 비슷하다. 이제 올케도 강산이 변한 세월이 지나고부터 방언을 알아듣는 경지에 이르기는 했다.

여담 한 가지 양념으로 곁들여 본다. 우리 고장에서 한 동안 마을회관 노인들에게 회자 되던 방언의 극치가 있다. 그 말은 '게 발'이란 단어 하나로 인해 생긴 일이다. 건설현장의 개발이 아니고 꽃게다리 게의 발도 아니니 서울 며느리가 어찌 알아들을까. 싹싹한 서울 며느리를 들인 이웃노인이 깡충 치마를 입고 어설프게 부엌에 들어서는 며느리에게 '야야 매 탕은 개발로 만들었으면 좋겠구나.' 했다.

서울며느리는 집게발을 떡 벌려 위협하는 꽃게를 말씀하시는 것으로 알아듣고는 자가용을 쌩 몰고 이십 리길 마산 어시장로 달려가 벌벌 기는 꽃게를 뭉텅 사왔다. 그리고는 몸통은 그만두고 다리만 뚝 떼어 바글바글 끓여 탕이라고 만들었다. 개발이 무엇인지 어떤 것인지, 아니면 왜 몸통은 쓰지 않는지 여쭈었다면 한 판 코미디 연출은 없었을 것이다. 며느리 입장에서 시아비 첫 제사라 정성으로 힘껏 한 일이다. 개발이란 우리 고장에서는 꼬챙이에 따로 끼어 판매하는 큰大홍합을 말한다. 육류를 사용하는 고기 탕과 바다에서

잡히는 메 탕 두 종류를 올리는 풍습이 있다. 그렇게 서울 며느리는 배꼽 잡는 실수 한판을 연출하고 우리고장의 사투리 축구라는 딱지를 화려하게 획득했다.

막내올케는 그렇게 생각했단다. 시누이들 입에서 간간히 축구라는 말을 올려도 속으로 축구라는 말을 참 자주 쓰구나, 정도로 알아들었단다. 무심코 입에 붙은 말이기도 했지만 나는 올케가 못 알아들으니 장난삼아 놀리느라 일부러 입에 올린일도 더러 있었다.

손흥민을 떠올리게 되는 축구, 발로 뻥 차는대로 정확하게 꽂히기 쉽지 않다. 만약 정확하게 원하는 지점에 내리꽂힌다면 손에 땀을 쥐는 재미가 덜 할 것이다. 상대방의 수비에 걸려 어디로 튈지 알 수 없는 것이 축구경기의 묘미다. 관중들은 그래서 더 열광하는지 모른다.

말귀를 잘 알아듣지 못하고 엉뚱한 모습을 보면 저 아래쪽 어느 지방 우리고장에서는 일부러 비틀어 꼬집는 말이 아니다. 그저 악의 없이 빙긋 웃으며 듣는 사람 위치는 생각지 않고 속에 모진 것이 맺혀서 하는 말도 물론 아니다. 그저 입에 습관으로 붙어서 '저 축구짓 하는 것 좀 봐' 시키는 말을 제대로 알아듣지 못하면 바람 빠진 잇소리로 '아무래도 축군갑다'한다.

악의 없이 하는 말, 바보 온달이처럼, 억지로 풀어 쓰면 기를 畜자에 개狗를 갖다 붙여 볼까나, 방언의 진수畜狗를 모르는 사람을 진짜로 축구라고 놀려먹는 재미가 있다. 이 축구야~ 하며.

병원 일지

입원과 수술

예약된 정형외과에 들어선다. 원무과에서 처음 안내한 곳은 X레이 촬영실이다. 오른편과 왼편, 다시 엎드려서 또 바로서서 구부려서 여덟 번 찍는다. 다음은 C.T실이다. X레이과정 비슷하게 다시 무릎 주위를 샅샅이 찍기를 몇 번 다시 M.R.I실 문 앞에서 대기한다. 잠깐 숨을 고른 후 지시에 따라 둥근 통 속에 조심스레 눕는다. 귀마개를 해준다. 35분에서 40여분 소요 된다는데 작동을 시작하자 처음은 뚜우뚜우 뱃고동 소리로 시작되어 곧 이어 바라춤이 시작된다. 그러나 점점 소음은 심해져 나중에는 챙챙 드릴로 철판 뚫는 소리까지 강약이 지속된다.

절룩거리며 거기다 O자형으로 굽어가는 다리가 불편하여 망설이다 결행한 수술 하루 전의 절차들이다. 뒤이어 심전도와 골밀도검사 소변검사와 피검사까지 수술 사전 준비가 번거롭다.

병실 안, 창가에 자리가 배정되고 환자복으로 갈아입는다. 침대 머리 밭에 이름표가 걸리고 왼 팔에 오디 색 철분제주사가 꽂힌다. 옆 침대 환우가 말을 붙인다. 오늘이 오일 째라며 잔뜩 찡그린 얼굴로 뒤뚱뒤뚱 간신히 보조기를 밀며 '내일 수술 하나 봐요' 한다. 자기는 한 쪽 무릎도 마저 하기로 했다며 선배역할을 한다.

내 침상에 곧바로 금식표지판이 붙는다. 하룻밤 지나니 첫 새벽

혈압과 혈당 체크가 있다며 간호사가 깨운다. 우리 병동은 간호통합시스템으로 운영되어 보호자가 없다. 이를테면 양치와 화장실용무까지 모두 간호사와 보조원이 팀을 이루어 손발이 되어주는 병동이다. 수동식으로 혈압을 재고 손가락 끝에 뾰족한 기구로 혈당을 잰다.

신체의 부자유는 각오하고 왔지만 속에도 병이 생겼는지 나이를 감안하여 120 정도까지는 정상수치로 본다는데 공복혈당이 높다고 전한다. 생각도 해 본적 없는 일, 오전 바퀴침대로 수술실로 옮긴다. 시간 반에서 늦어도 2시간이면 끝나 다시 병실로 오게 된다는 말을 듣는다. 10년 전에도 척추관협착 수술을 한 적이 있었다.

나 어릴 때 할머니께서 손자를 애 타게 기다려 남동생을 보겠느냐고 점집에 물었다. 칼 쓰는 업 을 갖지 않으면 제 몸에 칼 댈 사주를 타고 났다더라 하시며 별 시덥잖은 소리를 들었다고 혀를 차던 일이 문득 생각난다.

수술 후 병실로 올라온 일도 기억 못하는데 남편이 의식이 드는지 내 다리 그대로 있느냐고 묻더라는 말을 한다. 눈을 뜨니 병실 창가 아까 그 자리다. 몸이 천근만근이다. 무통주사가 달려 있건만 통증은 인내의 극점으로 치닫는다. 침대에서 꼼짝도 할 수 없다. 비몽사몽에 입이 마른다. 뼈를 깎는 아픔이라고 인용한 글을 보기는 했지만 뼈를 깎아내고 인공관절로 대체하니 모래주머니를 매단 듯 무겁고 둔중한 통증이 끝없이 밀려온다.

사흘이 지나자 겨우 양치는 할 수 있다. 또 화장실 출입도 휠체어에 앉혀주기만 하면 혼자 해결하니 그래도 좀 낫다. 거울에 비친 내 몰골이 볼만하다. 7일 간격으로 두 다리를 수술했다는 옆의 침대 환우가 칸막이를 밀더니 찡그린 얼굴로 훈수를 든다. 이왕 입원한 것 자기처럼 한꺼번에 하란다. 아니~ . '이렇게 통증이 심한데, 좀 불편해도 그냥 살지' 앞뒤 헤아릴 일도 없다. 오일 째 되는 날 보조기를 밀고 뒤뚱거리며 걸어보니 왼쪽다리가 펴졌다. 간호사도 간병인도 일부러 입을 맞춘 것처럼 오른쪽으로 어깨가 조금 기운다는 말을 한다. 아무도 없는 화장실에서 내 모습을 찬찬히 보니 그런 것 같기도 하다.

재활과정과 퇴원

몸 고생도 한꺼번에 해야 한다는 말이 내가 듣기에는 책임 안 져도 되니 그저 쉬운 말로 거든다. 그렇건만 남편과 자식이 권고하니 마음이 흔들린다. 결국 내 몸 내 맘대로 하겠다고 간섭 말라며 덜컥 짜증을 부린다. 그런데도 멀리 있는 형제며 친지들이 전화를 통해 귀찮을 정도로 설득을 한다. 거기다 환우들까지 말을 보탠다. 간호사가 수술을 할 것인지 아닌지를 결정해야 다음 과정을 진행할 수 있다고 통보한다. 어쩌지? 마음이 흔들린다.

같은 날 입원하여 2시간 시차를 두고 수술 한 환우가 자식들 설득에 굴복하여 한쪽도 마저 하기로 했단다. 그 말을 들으니 내 마음도 갈팡질팡한다. 어떻게 하지, 천리 길 먼 곳에서 언니가 전화를 했다. 혈육인 언니의 전화가 내 마음을 움직이게 만든다. '아무소리 말고 새 불 사르지 말라'며 시작했으니 마저 하란다. 이왕이면 재활과정도 한꺼번에 할 수 있으니 수월하지 않겠느냐고.

7일 만에 다시 수술대에 눕는다. 싸늘한 기운이 도는 병실에는 초록가운을 입은 의사와 간호사가 흐릿하게 보이다가 이내 깊고 깊은 잠에 빠진다. 그렇게 두 다리에 친친 붕대를 감고 다시 한 발자국도 움직이지 못하는 몸이 되어 타인의 손길에 의지한다. 반듯하게 두 발로 걷기까지 얼마나 많은 날들이 흘러야 할까?

수술부위에 얼음 팩이 필수품이 되었지만 두 번째 수술 사흘째부터 한 시간씩 물리치료가 시작된다. 정형외과수술은 반드시 필요한 과정이라 시장처럼 붐빈다. 맨 먼저 수술부위를 얼음 분사기로 차갑게 식혀 강제로 굽히는 CTM기계위에서 꺾는 과정이다. 직각형태의 90도부터 점점 각도를 늘린다는데 무릎에 쇠막대기를 넣은 것처럼 뻣뻣해서 비명소리가 절로 나온다. 어찌나 고통스러운지 등허리에 식은땀이 축축하다.

혹독한 재활과정의 수순을 밟는 나와 달라 저녁에 잠깐 들리는 남편은 호시절이 왔나보다. 며느리 둘의 효도를 한꺼번에 넘치게 받는다. 번갈아 가며 찬이며 간식까지 하루가 멀다않고 해 나르니 스트레스 주는 마누라 안 보니 좋고 아버님, 아버님, 떠받드니 형색이 환해 보인다.

물리치료실에서 이틀간 치료 후 마음이 급해 강제로라도 10도 더 올려 달라니 손자 같은 총각 물리치료사가 괜찮으시겠어요? 하며 근심스레 쳐다본다. 만약 힘드시면 벨을 눌러 주세요. 하는 말에 걱정 말라며 손을 내저었지만 금방 생살을 찢는 듯 참을 수 없는 통증에 벨은 그만두고 돼지 목 따는 소리를 내지른다.

정형외과 병동은 주로 팔이나 다리 어깨 부분이라 수술 후 사나흘 지나면 입은 멀쩡해서 수다방이 된다. 얼추 완치 된 환자가 퇴원하면 몇 시간 지나지 않아서 새 환자가 그 자리를 채운다. 위급한 환자보다 벼르고 별러 오는 곳이라 수술이 들어가기 전까지는 여기 오게 된 사연이며 가끔 실없는 유어모도 꺼내 웃음보를 터트리는 일도 목숨 줄이 경각에 달린 병동과 다르다. 같은 시간에 식사를 하고 비슷한 재활과정을 거치고 각자의 침대에 누워 시청할 수 있는 TV가 유일하니 행동반경이 비슷해진다. 때맞춰 바깥세상에는 코로나 19가 맹위를 떨쳐 외부사람 출입을 금하여 보호자는 오후 6시 이후에 딱 한사람만 허용되는 규칙을 지켜야 한다.

수술 4주가 지나고 28일 째, 입원날짜까지 헤아리면 하루가 더 연장되었지만 퇴원수속을 밟는다. 그러나 지지대 없이 한 발자국도 어려워 좀 더 입원을 원해도 거절당한다. 정형외과 수술환자는 부위에 따라 기간이 정해져 있는 것 같다. 재활과정은 일반병원 입원도 안 된다. 다만 요양병원만이 유일하다고 듣는다. 건강할 때는 알 필요도 없었고 몰라도 상관없는 일들을 알게 만든다.

한치 앞을 모르는 것이 사람의 일이라고들 한다. 푸른 날 칼 힐을 신고 타인이 어찌 보건 허벅지를 훤히 드러낸 미니스커트를 입고 또각또각 고개 들고 나 잘났다 나불대던 젊음이 내게도 있었다. 지금은 여포구두마저도 불편이 따르고 거기다 퇴행성관절염이 친구

하자며 어깨 걸고 반 협박을 하니 네가 이기나 내가 이기냐며 샅바 걸기 하다가 나가떨어진 결과가 인공관절 수술이다.

수술 후 반드시 뒤따르는 재활과정은 필수다. 얼마나 시간이 지나야 온전해질지 몰라도 조금씩 나아지겠지. 정형외과에서 한 달, 재활과정의 요양병원에서 또 한 달, 두 달간 병원 신세를 지다 집에 오니 숨통이 확 트인다. 이제 반듯한 모습으로 두 다리에 힘을 주고 자유롭게 다닐 날이 오겠지. 오늘부터 천천히 오백 보 걷는 연습 시작이다.

사골과 기저귀

미운 일곱 살은 옛말이다. 영리하게 컴퓨터도 잘 다루고 스마트 폰 사용이 어른보다 능숙하다. 십 수 년을 더 산 할미보다 한 수 위고 시류에 편승해서인지 동요보다 시중의 유행가가 더 귀에 익었다.

올해 초등학교를 입학한 손자는 우리 집에 오면 왕이 되어 나를 하인처럼 부린다. 저희 집에서는 두 형 서슬에 어림없는 일로 이를테면 밥을 먹여 달라든지 응가를 할 때 변기 앞에 대령을 시킨다든지 내 폰으로 오락을 한다든지 저 하고 싶은 짓은 다한다. 물론 내 무조건적인 사랑이 담보이긴 하지만,

어느 날인가 라디오를 켰는데 때 맞춰 '덜컹덜컹 달려간다.'로 시작되는 유행가가 나왔다. 가만히 듣는다 했더니 "할머니 사골아줌마 사골아저씨가 뭐예요" 한다. "사골이 아니고 시골이다" 하니 "사골아줌마라 하는데요." 하며 내 말을 알아듣지 못하는지 우긴다.

그날 이후 가끔 우리 집에 오면 잊지도 않고 덜컹덜컹 달려간다, 노래를 듣겠다고 라디오를 켜지만 나올 리 없다. 그러더니 어떻게 알았는지 폰으로 나도 더듬거리는 구글을 열더니 조그만 입술을 갖다 대고'사골버스 달려간다' 라며 말로 작동을 시킨다.

기계치 증명하듯 나는 음성으로 작동시키는 것을 한 번도 해 본 적 없었는데 내 폰에도 인지하는 기능이 있었던지 짠~ 하고 가수 박상철 얼굴이 나오더니 이내 덜컹덜컹 노래가 나왔다. 사골버스라

말해도 시골버스로 알아듣는 모양이다. 폰 뒤쪽을 살살 만지니 쿵짝쿵짝 제법 반주까지 곁들어 완벽하게 흘러나온다.

까불거리며 콩닥콩닥 따라 부르며 몇 번 다시 듣더니 뛰뛰빵빵 기적을 울리며 라는 대목에서 까르르 돌돌 발을 구르고 까무러치며 "할머니 기저귀를 울린데요" 해서 순간 나도 모르게 빵 터졌더니 재미가 들었는지 기저귀를 울리며 를 따라 부르며 까분다. 그래서 정색을 하고 기저귀가 아니라 뛰뛰빵빵을 기적이라 한다고 가르쳐 주니 '아니 기저귀라 하잖아요,' 한다.

그게 아니고, 하며 두 손을 붙들고 말해도 헤실헤실 요리조리 듣지 않는다. 어느 음식점에서 저 어미와 사골국물을 먹은 적이 있는지 사골아줌마 사골아저씨를 떠올리고 또 기저귀를 울리는 가사가 맘에 쏙 드는지 낄낄거리며 그 노래를 반복해서 듣는다.

문득 생각을 돌이켜 보니 지금은 귀밑머리가 희끗거리기 시작한 점잖은 저 아비도 그랬다. 초등학교 입학 전이었는지 예닐곱 살적인가 어니면 그 보다 한두 살 아래였는지 정확하지는 않다. 그 당시 '마징가Z'는 만화책으로 장난감으로 아이들 눈을 현혹시키던 때였다. 내가 보기에는 몸통은 사람모형인데 머리에 뿔이 돋아서 혐오스럽기 짝이 없었다. 그것 마징가Z 장난감을 사 달라고 어찌나 조르든지 몇 달이나 기다려야 되는 어린이날 사주겠다고 얼버무렸다. 그 때가 눈이 수북한 겨울이었으니 그 날이 오기까지 몇 달은 족히 기다려야 했다.

그것은 사주지 않을 요량으로 둘러 댄 말이건만 아이는 몇 밤을 자야 어린이날이 오느냐며 자꾸만 귀찮게 굴었다. 무심하게 아직 백 밤은 더 자야 한다는 말에 시무룩 눈물이 그렁그렁해져 눈 쌓인 미끄러운 골목길로 놀러 나갔다. 그 때 글자 읽기만 더듬더듬 겨우 깨친 아이가 마징가Z 노래라며 종이쪽지에 적어 왔다. 뒷집에 사는 4학년 형아 '판수'가 가르쳐 주었다며.

삐뚤삐뚤 적어온 글자는 "이루체 천하차차 무쇠로 만든 사라들 인조인간 로버트 마징가 제트" 무슨 말인지 이해도 안 되고 마징가Z가 도대체 뭐 길래? 날마다 노래를 부르며 어찌나 조르는지 성가시기가 말로 다 할 수 없었다. 얼마 후 아이 따라 그것을 판다는 문구점으로 갔다. 어떤 것인지 보기나 하자고,

사람 몸통에 머리에 뿔이 난 마징가Z를 사던 날 들은 말이지만 하루도 빠짐없이 문구점에 와서 물끄러미 한참을 보고는 절대 누구한데도 팔지 말라며 어린이날에 사겠다고 말한 것을 알지 못했다. 이문 동 단독 그 집에서 한 길을 건너 목욕탕 건물과 붙은 문구점 아저씨는 하도 기특해서 아무에게도 절대 안 팔겠다고 약속도 했다며 눈을 찡긋했다. "야가요 문만 열면 매일 와서 지가 살 것이니 절대로 팔지 말라는 말을 해서 도대체 부모가 어떤 사람인지 무척 궁금하데요" 그 문구점 아저씨가 일부러 보탠 말인지는 몰라도 두 달도 훨씬 넘게 매일 발을 오그리며 조그만 아이가 문밖에 서서 마징가Z를 한참씩 보고 가더라고 했다.

그 날 그 값이 얼마였는지 정확하게 생각은 못하지만 어쨌든 꽤 비쌌다는 기억은 남아 있다. 나중에 '이루체 천하차차'가 아닌 '기운

센 천하장사'인 것도 알았다. 그 뒤 여러 번 바르게 가르쳐주어도 기어코 이루체 천하차차로 부르던 아들의 그 아들이니 저절로 알게 될 때까지 그냥 두기로 한다.

며칠 전 아비 따라온 손자는 또 방으로 할머니만 들어오라며 잡아끈다. 문을 꼭 닫고 내 폰에다 낮은 소리로 사골버스 달려간다, 를 입력 시키고는 장롱에서 이불을 몽땅 꺼내 한 방 가득 어질러놓고 구르고 뒤집어쓰고 콩닥거린다.

덜컹덜컹 덜려간다 사골버스야, 사골아줌마 사골아저씨 기저귀를 울리며 사골버스 달려간다, 를 작동시켜놓고 오만가지 분잡을 떤다. 점 하나 붙여서 할미 골려먹는 재미가 신나는가 보다. 또 기적이 아닌 기저귀는 유아원 갈 때 까지 오줌을 늦게 가려 어기적어기적 기저귀 차고 다니던 기억이 남았거나 아니면 참말로 기적이 무엇인지 모를 수도 있겠지 한다.

일곱 살배기 수준으로 사골아줌마나 사골아저씨가 뭐가 대수냐, 조금 지나면 스스로 깨우칠 것을, 어른들도 점 하나 떼고 붙이면 님이 남도 된다는 유행가 소절도 있지 않은가. '님 이라는 글자에 점 하나만 찍으면 남이 되는 인생사' 라는 노랫말 말이다. 그래서 이렇게 '사골과 기저귀' 콩트 감 글제를 할미에게 주어 받아 적는다. 남눈에 일곱 살 손자가 영리한지 어리석은지는 독자들의 몫으로 남겨두며.

산짐승을 고발한다

서울에 적을 두고 절반은 농촌생활을 한다. 텃밭 수준은 넘어 과일농사와 몇 가지 먹을거리 작물을 심는다. 그곳은 지척에 20여 호 마을이 있고 경운기와 트럭 일반 승용차도 오가는 찻길이 바로 옆이라 그리 오지도 아니건만 산짐승들 등살에 온전하게 가꿀 작물이 귀하다.

자연보호가 본격적으로 시작 된 후로 자연이 살아야 사람도 산다는 명제다. 그 중 산짐승 피해는 직접 당하지 않는 도시인은 모른다. 멧돼지 고라니 개체수가 늘어나도 무심할 수밖에, 어쩌다 로드 킬 소식을 듣게 되면 운전자 부주의를 탓하겠지만 농촌사람은 천방지축 도로로 뛰어드니 '고놈 잘 죽었다'한다. 고라니 멧돼지 청솔모 너구리 해찰에 두 손 들었기 때문이다.

사람들이 회관에 모이면 입에 오르내리는 말 가운데 단골메뉴가 있다. 빙 둘러 쳐 놓은 방지 막을 망가트리다 못해 그것을 뒤집어쓰고 미친 듯 날뛰는 멧돼지를 본 일을 과장스럽게 흉내 내면 스트레스가 다 풀릴 지경이다. 그런데 귀로 듣던 일이 우리 밭에서도 일어났다.

초봄 고구마 순을 심었다. 잘 키운 순 일 만원어치로 수확은 이 만원치 보려는 마음으로 두둑을 높이고 가뭄과 풀 자람 방지를 위해 농사용 비닐로 덮고 허리를 굽혀 몇 시간 꼭꼭 심었다. 한 달 쯤 지나자 흔히들 촌 말로 땅내를 맡고 제법 잎이 어우러졌다. 이번에는 산짐승 방지 막으로 쇠막대기를 군데군데 꽂고 모기장 비슷하게 짠 질긴 그물을 둘러 거의 하루 품을 들여 지난해 실패한 원인을 차단했다.

유월 하순이 되자 줄기가 제법 실하게 뻗어나가 곁뿌리를 거두어 올리고 연한줄기도 몇 주먹 땄다. 이 만큼 키우도록 멧돼지도 고라니도 눈 어두워 비켜갔으니 이번에는 한시름 놓았다며 안심했다. 그 뒤 며칠간 집에서 이것저것 밀린 일들을 해 놓고 서둘러 농막에 도착했다. 그런데 맙소사, 며칠 비운 사이 한바탕 전쟁이 지나갔다. 고구마 밭은 한질 웅덩이처럼 움푹 파헤쳐지고 공들인 둘림 막은 갈기갈기 찢어져 폭격이라도 맞은 듯 난장판이다.

못된 인간 짓이라면 한 판 멱살잡이라도 해야 분이 풀릴 듯 속이 부글부글 끓었다. 휑하게 뒤집힌 이랑은 보기만 해도 눈이 돌아갈 지경이었다. 며칠 지난 뒤 고구마 순을 샀던 오일장에 들러 주절주절 하소연을 했다. 그랬더니 옆에서 듣던 잡곡가게에서 땅을 놀리지 말고 늦게 심어도 열매가 실하다는 색이 고운 붉은 팥을 권했다. 팥은 멧돼지가 본 척 만 척 한다는 말에 귀가 솔깃했다.

그 자리에 팥을 심었다. 열흘 쯤 지나자 씨앗도 늦은 걸 아는지 땡볕도 아랑곳 않고 파릇파릇 싹이 돋았다. 잘 키워 망친 고구마는 잊고 하루가 다르게 푸르게 어우러지는 팥 이파리를 보면 저절로 흐뭇했다. 한 달 가량 지나도록 온전했다. 콩잎이라면 사족을 못 쓰는 고라니도 팥 이파리는 별로인지 얼씬거리지 않아 파릇파릇 나폴 나

폴 바라보는 눈이 호사를 했다.

그 옆으로 먼저 어른이 된 옥수수도 때를 알고 통통하게 자식을 품고지고 긴 수염을 늘어트리며 점잔을 뺀다. 농사일이란 것을 경제적으로 따진다면 몸 놀린 품삯도 못 건지는 셈법이라 차라리 정자나무 아래 누워 건강을 챙기는 것이 나을 것이지만 농사꾼 부모를 보고자란지라 노는 땅이 아깝다. 또한 하루하루 커 가는 작물을 보면 자식 키울 때는 앞가림이 벅차 예쁜 것도 모르고 허덕대다가 한 세월 건너 안아보는 사랑스런 손자처럼 뿌듯하다. 며칠 후면 옥수수 열 개 정도는 살아올라 따내도 되겠다는 내 말에 우선 실한 것 너 댓 개라도, 하는 남편에게 눈을 흘겼다. 손으로 가꾼 것이 입으로 들어가는 것도 맛이지만 하루가 다르게 오동통 자라는 모양 그 자체가 입 꼬리를 올리게 만든다.

다시 집에 다녀왔다. 농막에 도착하여 가져온 것들을 정리하는 사이 남편이 먼저 밭 한 바퀴 둘러보러 간다더니 천둥소리를 낸다. 무슨 급한 일이 생겼구나 하고 뛰쳐나갔다. 그런데 맙소사, 옥수수 밭이 초토화되었다. 얇고 진 알갱이는 물론 대궁까지 모조리 다 짓이겨 놓았다.

허망하다는 말이 꼭 사람 일에만 적용되지는 않는다. 병사처럼 줄지어 키를 맞추고 바람이 불면 서걱서걱 붉은 수염을 날리며 사열하던 옥수수가 모두 짓이겨져 쑥대밭이 되었다. 울컥, 혼자 말을 뇌까린다. 휴우 누가 산짐승 좀 잡아 없애지 않나? 피해를 안 보려면 하우스를 세우면 된다. 그러나 비바람에 흔들리고 땡볕에서 자라는 작물, 노지에도 심고 가꾸려면 멧돼지 고라니 개체수를 줄여야 맞다.

멧돼지뿐이랴, 돌 맞아 죽을 짓거리만하는 고라니도 둘째가라면 서러워 할 것이다. 이놈은 잡초를 뜯어먹는 것이 아니라 꼭 심어 가꾸는 농작물만 입을 댄다. 사과이파리도 비켜가지 못한다. 목이 닿는 부분까지는 잎도 열매도 낫으로 벤 듯 모조리 뜯어먹는다. 가을에 마늘 파종을 해도 이파리만 쏙 올라오면 싹싹 남기지 않는다. 사람이 가꾸는 작물은 거의 고라니 먹잇감이다. 망가진 고구마 밭에 씨 뿌린 팥도 야들야들 잘 자라더니 결국 고라니 간식이 되었다.

청솔모, 생김새도 오뉴월 털 빠진 달구새끼처럼 보기 싫은 것이 약삭빠르기는 등에 붙다 간에 붙는 간신배보다 더 꼴값한다. 어찌나 꾀가 많고 날랜지 호두나무를 보았다하면 백개 천개 열려도 사람 몫은 아예 없다. 하다하다 호두 몇 개 건지려 촘촘한 그물로 나무 전체로 덮어 놓아도 틈을 용케 찾아 오르내리며 작살을 낸다. 실컷 따 먹고 움켜쥐고 보듬고 들어간 곳을 용케 찾아 나온다. 만약 딱 걸렸을 때 이때다, 하고 잡겠다고 덤비면 어찌나 날랜지 도리어 다리 삐고 허리 접질리지 않으면 운수대통이다.

시간 맞춰 문을 여닫고 작물을 키우는 하우스가 아닌 노지에서 농사짓는 사람들은 한숨만 넌다. 산짐승 피해를 막아보겠다고 울타리를 둘러치고 허수아비를 달아매고 장치를 만들어 총소리를 내보지만 그 놈들 표적이 되면 하룻밤 사이에 헛농사다. 자연보호법 안에는 뱀도 해당이 되어 잡으면 벌금을 물리니 땅꾼도 사라져 잡초 우거진 숲 둔덕에는 혀를 날름거리며 슬슬 기어 다닌다. 한꺼번에 여러 개의 알을 낳는 놈을 어찌 막을 것이며 물리면 생명도 위태로운 독사는 어찌 감당할 것인지?

물론 자연의 일부인 산짐승도 함께 공생해야 사람도 살 수 있는 친환경의 척도라 말은 하지만 그 해악에 휜 등이 더 휜다. 고라니, 멧돼지, 청솔모, 너구리, 뱀의 개체수를 줄여야 그나마 농사를 지을 수 있다. 아직은 수입 농산물이 싸고 질 좋고 가격도 만만해서 우리 농산물, 우리 농산물 노래 부르지 않아도 되지만 먹거리도 모조리 남의 나라에 목을 매고 살 텐가?

산짐승들 중 멧돼지 고라니 청솔모 뱀의 개체수를 줄여 농촌사람들 한숨소리 시름도 덜어주고 노지 농산물 피해를 조금이라도 덜 수 있도록 특단의 조치가 필요하다. 그래서 고발한다. 산 짐승 개체수를 줄여달라고.

입이 도끼다

입 속에 날선 도끼가 들어있는가? 하는 일마다 눈이 시어 배배꼬여 내뱉은 말이 가슴 뜨끔하게 들어맞는다. 뒤늦게 자책하는 마음이 든다. 직선적으로 말하는 버릇을 고치지 못하니 병중에도 큰 병이다. 거기다 목소리도 커지니 아무리 부부평등 시대가 되었지만 남편 눈에 내 모습이 어떻게 비칠지 짐작은 간다.

자전거라이딩, 요즘은 남녀노소가 없다. 지척에 한강 자전거길이 있어 수많은 행렬을 일상처럼 보게 된다. 두발로 달리는 재미를 승용차운전자는 절대로 모른다는 말을 하듯 씽씽 날듯이 달리는 자전거 대열은 보는 사람 눈에도 경쾌해 보인다.

남편은 자전거라이딩 회원들의 선망인 4대강 종주를 이미 끝냈다. 자세히 들여다보지는 않았지만 들은풍월로 종주 실적을 기록하는 수첩이 있어서 가는 곳 마다 인증마크를 찍는다. 그리고 여기저기 배경으로 찍은 사진을 카페에 올리는 일이 취미다.

그것이 못마땅한 이유는 귀찮아서다. 이른 아침 서둘러 나가는 사람을 빈속으로 내 보낼 수 없으니 졸린 눈 비비며 조반을 챙기고 또 다녀오면 세탁물이 산더미를 이루기 때문이다. 오늘도 자전거를 몰고 나가는 뒤통수에 방정을 떨었다. 물론 당사자야 알 턱없다. 일손을 놓았으니 허구한 날 마주 보기도 짜증스럽고 그렇다고 내 몸이 따라주지 않으니 함께 공유도 못하니 남편의 취미생활마저도 가자

미눈이 된다.

이런 고약한 내 마음을 모르니 라이딩 후 집에 돌아오면 우렁각시처럼 항상 밥 차려 대령하고 땀에 젖은 옷가지도 때 맞춰 세탁하니 언뜻 보면 애완견처럼 꼬리 흔들며 살랑거리는 것으로 알 것이다. 마음 속 심통쯤이야 몇 십 년 이력 난 포장으로 어물전 씻은 듯 멀쩡하니 말이다.

자기, 마누라, 아내, 와이프, 집사람, 내무대신, 왕비, 등 이 시대 남편들은 온갖 근사한 치장 말로 아내를 떠받들고(?) 호위병처럼, 신하처럼, 머슴처럼, 상관 모시듯 한다는 말들을 듣는다. 거기다 명품이면 더 좋고 비슷한 것이라도 갖고 싶은 것, 먹고 싶은 것은 물론 짬짬이 여행도 동행해야 한다. 간혹 아내가 가정경제의 원동력이 되는 집도 있기는 하지만 거의가 남편이 책무를 져야 그나마 대접을 받는다. 그런데 우리 집에는 용감한 사람이 남편이다. 40평생 당신을 먹여 살렸다며 이제는 마음 가는대로 산다고 선언했다.

나라님도 듣지 않을 때는 험담하듯 안 들을 때 투덜거린다. 아직은 건강하니 취미생활에 빠지기 보다는 푼돈이라도 쌓이게 조금 더 일해도 될 텐데…… 그것이 못 마땅해 입 도끼를 놀렸더니 아침에 멀쩡한 모습으로 의기양양 자전거라이딩을 나갔는데 저녁에 돌아온 모습이 편치 않다. 뒤통수에 대고 한 입말의 위력을 실감한다.

몇 년 전 일이다. 화초 기르기에 빠져 예쁘다 싶으면 사들여 애지중지 키웠다. 몇 년간 몰두하던 일이 시들해져 어느 날부터 변덕이 생겨 손가는 일이 귀찮아졌다. 바닥청소도 귀찮아졌고 분갈이며 포기 나누기도 번거로워 귀도 없는 화초를 죽기나해야 버리지, 했다. 그런데 미운 틀이 박힌 눈 밖에 난 화초들이 시들부들 늘어지더니 똑같이 바가지 물을 주었지만 진딧물이 끼고 말라갔다.

그 때는 입이 도낀 줄 몰랐다. 말에 독기가 묻었는지도 몰랐다. 그런데 이상하게 말대로 되는 일이 더러 생기기 시작했다. 말이 씨가 된다더니, 직설적인 화법을 쓰는 나는 에둘러 말하지 못하고 뱉어 놓고 후회하는 일이 잦기는 했다.

어릴 때 어머니가 들려준 이야기다. 어느 부부가 자식이 없어 지극정성으로 공을 들여 아들을 낳았다. 백일이 지나자 아랫목에 뉘여 놓은 떡두꺼비 같은 아기가 온데간데 없어졌다. 그런데 놀랍게도 천정에 붙어서 놀고 있더란다. 믿거나 말거나, 그 어미는 하도 신통방통하여 그만 이 사람 저 사람에게 자랑을 늘어놓았다. 우리 아기가 비범하다고.

푼수 같은 어미 입으로 삽시간에 온 고을에 소문이 쫙 퍼졌다. 어미가 입 다물고 길렀으면 분명히 큰 장수가 되어 나라를 구할 인물이 되었을 것이라고 했다. 그러나 어미의 입방정에 악행을 일삼던 고을원님이 뒷일을 걱정하여 은밀히 그 아이를 아무도 모르게 없앤 것이다. 입을 가만두지 못해 아까운 자식을 잃게 되었다고 했다. 어린 나는 '왜 원님이 죽여요?' 엄마는 밑도 끝도 없이 '입을 놀려 그렇지.' 하셨다. 그것은 아마도 조잘조잘 조잘대는 딸이 염려스러워 일부러 지어 낸 이야기인지 모른다.

여자는 세치 혀로 망하고 남자는 무엇으로 망조가 든다며 각별히 입 조심을 시켰건만 아직도 그대로니 불치병이 따로 없다. 불쑥 뱉어놓고 후회를 해도 이미 쏟아버린 물이 되고 만다.

한강, 금강, 영산강, 낙동강 종주를 끝냈다고 '4대강 종주 인증서'가 오고 '국토 종주 자전거길 인증서'도 받았다. 집에서 심심하면 오간다는 아라뱃길은 안마당이 되고 이미 자전거 한 대로 '경북 안동'이며 '부산 양산' '전남 목포'까지 원정도 다녀왔다.

취미생활마저도 마누라 간섭을 받아야 하느냐며 한 귀로 듣고 다른 귀로 흘리는 간 큰 남편이 며칠간 한의원에 다닌다. 침 맞고 부황 뜬 자국을 보며 내 입 도끼 탓인가 하여 찔끔하다. 젊은 사람 못지않은 기록도 가자미눈으로 콧방귀 뀌었더니 기죽은 모습으로 한의원 드나드는 것 보다 씽씽 바람을 일으키며 자전거라이딩 가는 일이 훨씬 나은 것을, 자책하는 마음이 무겁다.

진짜 도끼는 날이 서야 장작도 쪼개겠지만 입 도끼는 무딜수록 상품上品이다. 상품으로 관리하려면 세치 혀에 쇠뭉치를 매단 것처럼 말조심 할 것, 입 조심을 다짐한다. 나불거리며 말로 난도질하는 입 도끼가 무서운 흉기가 되는 일을 다시 알게 된다. 이제부터 다시 입 조심 쉿.

제3부

4H클럽

4H클럽

연녹색 융단 길이 아득하게 펼쳐진다. 그와 함께 우포늪으로 가는 길, 한갓진 곳에 차를 세우고 천천히 걷는다. 발길 닿는 길섶에는 클로버가 오목오목 다보록하다. 입술을 동그랗게 오므려야 5월의 어원이 만들어지듯 다문다문 핀 클로버 꽃은 점점이 별이 되어 박혀 있다. 별꽃을 줄기 째 뽑아 가운데를 손톱으로 가르고 끼우면 두 송이로 겹쳐진 꽃시계가 된다.

문득 어릴 적 책 보따리 허리에 둘러매고 재잘대며 학교 가는 길이 떠오른다. 시계 꽃 자욱하던 방천 뚝 길이었다. 지금 발아래 지천으로 깔린 클로버 길에서 네잎클로버가 보일까 눈을 내리뜨고 쉬엄쉬엄 우포늪을 향한다. 흰머리 아랑곳없이 마음은 소녀가 되어 시선을 모은다. 몇 발자국 옮겼는데 정말 네잎클로버가 하나 보인다. 한 손은 줄기를 잡고 다른 손으로 다칠라 조심조심 따낸다. 몸을 스치는 바람결이 박하 향처럼 싸하다. 행운, 생각만으로 괜히 풍선마음이 되어 훨훨 날개가 퍼덕인다. 흥얼흥얼 콧노래도 나온다. 철부지 때 부른 노래다.

"네 잎 다리 클로버에 우리 깃발은/ 순결스런 청춘들의 행운의 표적/ 지 덕 노 체 네 향기를 담뿍 싣고서/ 살기 좋은 우리농촌 우리 손으로/ 빛나는 흙의 문화 우리 힘으로"

지난 날 마을로 들어서는 초입에 다듬어지지 않은 표지 석 이정표가 있었다. 삐뚜름한 돌에는 마을이름이 적혀 있고 가운데 초록색 클로버 문양이 찍혀 있었다. 네 개의 이파리 하나마다 가운데는 H(Head·Heart·Hand·Health)자를 새겨 놓았었다. 내가 어릴 때 마을의 처녀총각 여럿은 4H교육을 받으러 걸어서 산을 넘어 군청소재지까지 오갔다. 기억도 가물가물한 1950년 대였다.

그 시절 마을 언니 오빠들에게 배운 노래와 율동은 지금도 비슷하게 흉내 낼 수 있다. '지' 하며 머리를 가리키고, '덕' 할 때는 가슴에 손을 모았고, '노' 할 때는 두 손을 들어 올렸다. 마지막으로 '체'는 가슴에서 발끝까지 온몸을 쓸어내리고 건강을 지켜야 한다며 어린 우리들에게 가르쳐주었다. 우리들은 그것에 재미가 들어 여름밤 마을 앞 정자나무 아래 모여 와글와글 신나게 4H 노래를 불렀다.

피폐한 농촌에 4H운동이 활화산처럼 타 오를 때 이광수의 소설 '흙'은 농촌 처녀 총각들의 필독서처럼 읽혔다. 그 한권의 책은 가물거리는 호롱불 아래 돌려가며 읽어 페이지가 너덜너덜 해질 쯤부터 처녀총각들이 일깨움을 얻어 제법 유식해지곤 하였다. 너도나도 농촌 운동에 동참하는 계기도 되었다. 중학생이 되어 뒤늦게 흙을 읽게 된 나도 농촌운동의 주역으로 살고 싶었다.

4H클럽은 세계적인 농촌청소년 단체였다. 19세기 말 급변하는 공업화에 밀려 사람들이 도시로만 몰리니 농촌의 피폐를 막으려 펼친 개혁운동이다. 미국에서 처음 시작되어 세계 각국으로 불길처럼 타오른 농촌계몽운동으로 태평양을 건너 한국 땅, 그것도 호롱불 켜고 바가지로 퐁당퐁당 우물물을 길어 먹는 산골 오지 우리 마을

까지 전파되었다. 어린애인 우리들도 노래를 배우고 율동을 하며 살기 좋은 농촌을 만들어야 한다고 여길 정도였다.

열 살도 되기 전 처음 알게 된 영어 말이다. 예스, 노, 오케이, 가 아니다. 헤드, 하트, 핸드, 헬스를 더 먼저 알게 된 것은 4H영향이었다. 명석한 머리와 넓은 가슴, 부지런한 손, 튼튼한 몸이 있어야 살기 좋은 농촌을 '부흥'시킨다는 말을 듣고 자랐다. 지금 돌이켜보면 코를 벌름거리며 웃음이 터질 일인데 맹랑하게도 '부흥'이란 말을 '부엉'으로 알아들었다. 부흥을 부엉으로 알아듣고 또래 친구들에게 '4H운동을 하면 부엉이처럼 밤눈도 밝아진다.'며 아는 체 가불었다. 친구들은 나대는 내 말을 그런 줄 알고 듣고만 있었는지 모르겠다.

그 때 우리 마을 4H회장은 읍내 농업고등학교를 졸업한 이웃집 오빠였다. 흙의 주인공 '허 숭'처럼 우리 마을의 농촌지도자가 되어 농촌부흥을 목표로 삼았다. 그러나 백리길 부산 '동명목재'로 취직이 되어 떠나고 말았다. 회장 오빠가 떠난 뒤 뒤따르던 처녀들도 부산조선방직 공장으로 돈 벌러 나서니 우리 마을의 4H운동은 흐지부지 불씨가 꺼지고 말았다.

고향마을 농촌에는 그 즈음부터 상급학교로 또는 돈 벌러 떠나기 시작했다. 그렇게 자식들이 외지로 떠나기 시작한 고향은 노인들만 남았다. 마을에서 제일 젊은 사람이 낼 모레 칠십이다. 집에 남게 된 노인들만 끼적끼적 푸성귀를 가꾸며 살아가니 문전옥답은 잡초들 세상으로 변하고 있다. 만약 제2의 4H운동이 다시 시작 된다면, 그것도 소득이 도시의 노동자를 앞지른다면 팍팍한 톱니바퀴 같은 직장을 떠나 흙을 주무르는 고향땅으로 다투어 돌아가지 않을까 싶다.

네잎 클로버, 행운의 증표라며 수첩 안에 잘 펴서 간수하며 농촌에도 한 줄기 상큼한 바람 같은 부흥이 다시 일어나 사람이 북적대어 활기차기를 기대해 본다. 지금 우포늪 싱그러운 물풀 향기가 오감을 자극하는 길목에서 농촌운동을 떠올려보았다. 한 시절 모심기도 보리타작도 겁 내지 않던 농촌처녀였던 나, 선진농법으로 활기 넘치는 농촌이 되기를 기대해 본다.

발걸음 옮길 때마다 물풀들의 수런거림이 귀를 모으게 하고 아득하게 펼쳐진 늪이 끝없다. 발아래는 4H를 떠올리게 한 클로버가 아득하게 펼쳐져 있다. 흰 별꽃들이 점점이 박힌 들길을 걷는다. 자연이 베푸는 향연에 몸도 마음도 나비처럼 가볍고 잔잔한 물살은 햇빛에 반사되어 반짝인다. 그 옛날 신명나게 읊어대던 부엉이 밤눈은 아득한 추억으로 가물댄다. 그 밝았던 눈길이 어찌 농촌운동에만 해당될까, 살아가는 동안 계속 눈길 밝게 이어지길 바래본다. 지금 발아래 클로버가 초록융단이 되고 아득한 우포늪이 손짓하는 상큼한 하오가 가볍다.

9988234

구십 구세까지 팔팔하게 살다가 이삼일 앓고 가자는 뜻의 숫자가 9988234다. 국가에서 인정하는 65세, 노인 반열에 들어서니 농담으로 또는 실없는 소린 줄 알면서도 피식, 관심이 가기는 간다.

시아버님은 망백을 지나고 백수白壽라는 상수다. 어험! 헛기침 한 번으로 만사가 통하던 권위가 구순을 기점으로 내자라는 칭호로 살갑게 부르던 시어머님 자리로 옮겨갔다. 9988243까지 장수 하실지 모르지만 그 후로 점차 정신이 흐려지시어 자식들이 드리는 용돈도 간수를 못 하신다.

친구들도 나이가 들자 수다 중에 가끔 장수라는 말에 관심을 두며 그 숫자를 슬쩍 입에 올리게 된다. 마음은 그대로건만 몸은 여기저기 삐끗거리니 나이는 숫자에 불과하다고 누가 말했던가, 아니다. 함께 웃던 친구가 작별인사도 없이 서둘러 떠나고 아우가 먼저 가는 일도 생긴다. 친구 한 사람은 몸이 말을 듣지 않아 가사일 마저 남의 손을 빌리는 처지가 되었다.

아버님은 무척 정정하셨다. 전화로 안부를 드리고 찾아뵈면 그저 너희들 잘 살아라 는 덕담만하셨다. 새해가 되면 달필로 손수 연하엽서를 만드시어 자식들에게 보내던 분이다. 그러나 구순을 훌쩍 넘기자 처음 몸의 이상신호는 귀가 들리지 않아 전화를 잘못 받으셨다. 그 일이 신호가 되어 점차 바깥출입이 어려워졌고 자식들 순서마저 헛갈려 하셨다.

그래도 화장실 출입은 자유롭고 남의 손 빌리지 않으시고 식사를 손수 챙기고 늘 곁에 두던 서책으로 소일을 하시더니 이제는 돋보기도 쓸모없게 되었다. 그 뒤부터 녹음기처럼 한 말씀 또 하시기를 반복하신다.

자식이 출생하면 씨앗에서 발아한 여린 풀꽃 같아서 부모의 갖은 보살핌을 받고 바람막이 울타리 안에서 뿌리를 내리고 자란다. 나무로 비유하면 묘목은 유년기가 되겠고 제법 이파리 몇 개를 스스로 움트게 할 무렵이 사춘기라 할 만하다. 땅에 실하게 뿌리를 박고 쭉쭉 뻗어가며 꼿꼿할 때가 청년기다.

대부분 녹음방창綠陰方暢시절, 배우자를 만나 가정을 이루면 앞뒤를 제법 헤아리게 되고 부모께 효도 해 보는 시기도 이때쯤이다. 사람 구실을 해 보느라 선물도 더러 챙기고 한 번 쯤 호기를 부리며 보약도 챙겨드리게 된다. 부모 위치에서도 아직 여력이 있으니 사는 일에 재미가 붙어서 꽃 피고 새우는 5월 같은 시기에 해단된다.

그러나 해가 갈수록 부모는 연로하게 되고 자식의 그림자만 봐도 든든해 의지가 된다. 그 무렵쯤이면 정년을 채우거나 사회활동도 서서히 접어야 하는 시기니 경제적으로 점차 헐렁한 주머니 신세가 된다. 부모는 은근히 자식에게 기대고 싶을 즈음 제 살기 바빠진다.

아버님께서는 팔순 무렵 붓 펜으로 휙휙 새가 날듯 달필로 쓴 부고초안訃告招安과 명정초안을 셋째 며느리인 내게 주시며 잘 간수하라 하셨다. 챙겨두었다가 당신이 언제이고 눈을 감으면 경황없이 허둥대지 말고 하나는 가까운 친인척에게 알릴 문구며 다른 하나는 붉은 비단에 새겨 관을 덮기 전 맨 위에 얹을 글귀라 이르셨다.

손위 두 분 형님이 계시지만 큰며느리는 수의를 간수하고 둘째는 지척에 사니 생전에 자주 오가는 것으로 짐을 지우고 셋째는 몇 년 후가 되던 잘 두었다가 숨 떨어지면 맡을 일이라며 당부하셨다. 붓펜으로 쓴 얇은 화선지 두 장의 글귀가 내게는 무겁게 느껴진다. 아버님이 세상을 떠나면 맡겨진 일을 잘해야 한다는 생각이 무겁다.

며느리자리는 눈앞에서는 효도흉내를 내지만 의무만 있을 뿐 살가운 정은 덜하다. 같은 경우라도 친정부모는 가슴이 아프고 시부모는 머리가 아프다는 우스갯말도 있지 않은가. 아버님은 세수가 더 할수록 조신하게 음성을 낮추어 네네 다소곳한 며느리들보다 목청이 큰 왁자한 며느리를 속 시원해 하신다. 추측으로 낮은 목소리는 잘 들리지 않으니 그러하신 것 같다.

자식을 염려하고 걱정하는 일이 부모의 자식사랑법인지, 늘 당부를 하시고 또 한다. 누구 없이 오래 살고 싶은 마음은 인지상정일 것이다. 그러나 누가 만든 말인지 모르지만 9988234라는 말에 수긍은 쉽지 않다. 물론 백수를 사신다 해도 스스로 몸을 움직일 수 있을 때까지라면 몰라도.

말이 쉽지, 구십 구세까지 팔팔하게 살기가 어디 쉬울까, 죽을 복도 타고 난다는 말이 있다. 바란다고 그렇게 되지는 않겠지만 나 스스로를 두고 당돌하게 입 찬 소리 해보면 나는 한 달 정도 병수발 받다가 자식들이 요양병원을 고려할 때 쯤 그만 떠나면 행복이겠다

싶다. 국가에서 정한 노인 반열에 드니 맹랑하게 이런 헛소리도 한다. 9988234는 말은 말 만들기 재미 들린 누군가가 웃자고 만든 말이겠거니 한다.

가두어야 할 귀

D대학 J교수가 구속되었다. 전직 법무부장관이 뒤를 받치고 있는 현실에서 장장 하루를 넘겨 영장실질심사를 거쳐 나온 결론이다. 이목이 집중 된 사람들과 달리 직접 서초 동 대검찰청 앞까지 달려 나간 찬반지지자들 환호와 탄식이 엇갈린다. 아무 상관도 없고 육친이 걸린 일도 아니건만 자정가까이 결과를 기다리다가 잠깐 졸았는지 새벽 세시다. 못 말리는 나는 궁금증이 일어 얼른 컴퓨터를 켠다.

두 달 여간 국민들의 눈과 귀가 쏠려 찬반양론으로 민심은 조각나고 매스컴은 양비론을 펴며 물 만난 고기처럼 펄 펄 연일 대서특필로 휘갈겼다. 사회현상에 무관심하여 제 살기 바쁜 사람들도 설왕설래 한 마디씩 말을 보탰던 기간이었다.

말은 적게, 듣는 귀를 활짝 열어라 하지만 대부분의 사람들은 그 반대다. 누가 듣건 말건 서로 저마다 나댄다. 여론 돌아가는 현상에 각자의 잣대로 너 말은 그르고 내 말은 옳다고 우기는 세상으로 변하고 있다. 잘못 일이 생겨 경찰서라도 출두를 당해본 사람은 말 한마디 잘못 엇나가면 오랏줄이 눈앞에 왔다 갔다 하여 입술이 타고 손발이 저리는 느낌을 받는다고 들었다.

남편과 나는 세상사 일들에 의견이 많이 다르다. 한사람이 옳다 말하면 반대로 그렇지 않다고 말씨름이 시작된다. J교수 구속건만 해도 남편의 지위를 이용하여 잘난 자의 특권을 휘둘렀다며 분통을 터트리는 사람과 그 위치라면 앞 뒤 재지 못하고 단순하게 어미로서 자식을 위한다는 마음에 재직 중인 대학 인턴과정을 슬쩍 끼어 넣을 수도 있지 않겠는가 반박하니 '이 사람이 큰 일 낼 사람'이라며 큰 소리가 난다. 그리고는 남의 처지를 두고 왈가왈부 불이 붙는다.

승승장구하던 남편 앞길에 걸림돌이 된 처지를 헤아리면 과욕은 언젠가는 벼랑 끝에 내몰릴 수 있다는 교훈을 얻게 된다. 저렇게 만 사람 입질에 오르내리다 보면 살아도 산목숨이 아닐 것이다. 아무리 남의 흉은 사흘이 못 간다지만 그것은 책임 안 져도 되는 사람들의 입에 발린 말일 뿐 당사자의 가슴은 삭은 재가 되었을 것이다. 꼭 잘나고 똑똑한 사람뿐일까, 누구 없이 욕심이 생기면 눈이 흐려지기 쉬우니 타산지석으로 삼아야 될 일이다.

세기의 화가 고흐는 한 쪽 귀를 스스로 잘라내는 고통을 이겨내고 불멸의 자화상을 남겼다. 그 자화상을 볼 때마다 나는 엉뚱한 상상을 한다. 아마도 고흐는 이쪽으로 들어온 말이 곧 바로 빠져 달아나는 친구 폴 고갱의 말을 가두려 일부러 잘랐는지 모른다는 상상이다. 처절한 고통보다 좋아하는 사람의 말이 쉬이 떠나는 공허를 잡아두기 위해서가 아닐까? 말馬인지 소牛인지 모를 나만의 추측이다. 물론 나 스스로를 빗대어 상상한 결과이기는 하다. 어떤 중요한 말도 쉽게 놓치며 곧바로 지워 버리는 나를 비교하는 억지기도 하다.

인체에 두 개의 귀가 있는 이유는 남의 말을 더 경청하라는 신의 뜻이라고 말하고 있다. 그와 다르게 입이 하나인 이유도 헛말을 말라는 조물주의 오묘한 비법이라 말들을 한다, 또 입에 대한 속 된 말로 남자는 무엇으로 망하고 여자는 세치 혀로 망한다는 옛말도 있지 않은가, 다른 말로 입안에 도끼가, 독화살이, 갖가지 예를 들며 입은 닫고 귀를 열어 남의 말을 더 경청하라고 앞서간 선인들은 가르친다.

삼국유사에 신라 경문왕은 당나귀였다고 전해온다. 왕의 이발사는 혼자만 아는 비밀이 답답했든지 참지 못하고 아무도 없는 대나무숲에서 '임금님 귀는 당나귀'라고 외친 뒤부터 바람이 불면 그 말이 되돌아 들려 결국 만 백성이 알게 되었다고 전한다. 그것을 기록으로 남긴 것은 말은 반드시 앞 뒤 헤아려 할 것이며 입단속을 강조하는 교훈이 되도록 특별히 남긴 것이리라.

귀가 둘인 이유는 들어오는 말은 숙성을 시키고 입은 가벼이 놀리지 말아야하다는 인체의 오묘한 이치일 것만 같다. 속 된 말로 '제 버릇 개 못 준다'는 말은 숙성 과정을 거치지 않고 나불나불 나오는 대로 생각 없이 말하는 나같은 사람 들으라고 일부러 지은 속담처럼 여겨진다. 남의 말을 귀에 가두지 못하고 듣고 싶은 말만 선택적으로 듣는 나, 무심코 툭툭 내뱉은 내 말로 상처받은 친구들은 왜 없을까. 쉿! 입조심.

고물

점화 스위치를 켠다. 삐이 소리와 동시에 불꽃만 툭툭 튄다. 이내 푸른 불꽃이 활활 타올라야 정상이다. 그러나 몇 번을 연거푸 시도해도 손만 살짝 놓으면 도루묵이다. 며칠째 같은 현상이다. 방안에서 컴 삼매경에 빠져 있던 그도 신경이 쓰이는지 "또 그래 내가 한번 켜볼까"하며 주방으로 나온다.

같은 시도를 몇 번씩 해도 똑 같은 현상이다. 이사 오며 새로 들였으니 "벌써 4년씩이나 밤낮으로 써 먹었으니 고장이 날 때도 됐지, 인덕션으로 교체하든지"하며 말끝에 짜증을 섞는다. 어찌어찌 켜니 간신히 푸른 불꽃이 활활 타오른다. 얼른 국 냄비를 얹는다.

사람도 나이 들면 몸 여기저기 고장이 잦은데 하물며 하루에 몇 번씩 써 먹으니 가스렌지인들 병이 안 나고 배길까. 연탄에서 석유곤로 가스렌지로 진화를 거듭하며 주부의 폐암 원인이라는 오명을 뒤집어쓰기까지 음식을 조리할 때마다 켜대니 알게 모르게 들이마시게 되는 가스가 담배연기 보다 해로울 것이라는 선입견도 있다.

점화를 할 때마다 속을 태우니 A/S를 받을 것이 아니라 아예 가스를 안쓰는 인덕션으로 바꾸어야 하겠다며 은근히 압력을 넣는다. 인터넷으로 알아보니 백만 원을 훌쩍 넘는다. "왜 이래 비싸" 다시 마음을 바꿔 고쳐 써야겠다고 전화로 문의하니 수리비는 따로 계산되며 출장비만 이만 원이 추가된다고 말한다.

주방에서 물과 불을 안 쓰면 주부는 일이 없다. 가스렌지를 점화할 때마다 몇 번씩 시도를 해야 하니 속이 100도C 물처럼 펄펄 끓는다. “일도 없으니 출장비 들이지 말고 들고 가서 A/S 받아 오세요” “아니 이 사람이, 번거롭게 떼어 가서 고쳐오라 말아라.” 한다며 역정을 낸다. “그러면 인덕션으로 바꾸어 주든지” 요 며칠 째 계속되는 실랑이다.

요즘은 몸도 팔랑팔랑 가볍지 못하고 여기저기 찌뿌둥 짜증스러운데 집안의 집기들마저 주인을 닮아 삐끗 아프다며 경고음을 자주 보낸다. 기기들 아우성은 일 손 놓은 두 사람 입씨름으로 번진다. 새로 사자, 고쳐 보자, 설왕설래 이맛살이 미간살로 내려오다가 궁합 안 맞는 부부가 서로 원망한다는 원진살로 번진다.

영영 못쓰면 갖다 버리든지 새 물건을 사든지 결단을 내겠지만 몇 번 시도하다보면 삐이 소리가 딱 멈추고 푸른 불꽃이 활활 타오르니 쉽게 그럴 수도 없다. 필경 어딘가 관이 막혔나보다며 하나하나 뜯어서 청소를 시작하는 그 곁에서 도와주기는커녕 잔소리를 해대다가 아킬레스건을 건드리며 부아를 처지른다.

닦고 후벼 파고 털어내고 다시 조립하니 인물이 새신랑 같다. ‘이제 한 번 켜 봐’하는 소리에 탁 점화를 시도하니 역시나 삐이 소리를 내며 불꽃은 간데없고 헛물만 켜게 만든다. “팍 버려야지” 입에 화살을 물고 또 된 소리를 내지른다. 이럴 때면 나를 바라보는 눈빛이 흔들리며 가스렌지보다 저 여편네를 아주 내다버렸으면 싶은지 안면이 붉으락푸르락한다. 젊을 때 부부싸움을 말 할 때 물이 칼에 베

일리도 없건만 말 만들기 재미 들린 사람들이 칼로 물 베기라 하지만 늙어가니 깨진 솥단지 납으로 때워봐야 금방 물이 새듯 말끝마다 토를 달아 깨트리고 부숴야 속이 후련하다.

끼니때마다 데우고 지지고 볶고 불을 써야 하는데 가스렌지 점화가 순조롭지 못하니 오늘은 무슨 일이 있어도 확 뒤집어 무슨 수를 내야겠다. 구입한지 4년이 되었지만 보기는 멀쩡해서 반짝반짝 새것이라 해도 깜빡 속을 만큼 깔끔하다. 그는 손재주가 좋아 자칭 웬만한 것은 다 고쳐 맥가이버라 자칭한다. 며칠 전 아파트 현관문 1층 복도에 떨어져 너덜거리는 남의 집 방충망을 온 종일 씨름하여 새것으로 갈아 놓은 손재주도 있건만 가스렌지 원인은 찾지 못한다.

남의 집 방충망 사연은 이렇다. 처음에는 현관입구에 들어설 때마다 눈에 거슬린다 하더니 당사자인 주인도 나 몰라라 수리를 않으니 관리실을 찾았다. 맨 아래층은 주민들 눈을 생각해서 수선유지비를 들여 교체하면 안 되겠느냐고, 개인 사물이라는 답변에 그만 멈췄으면 그 뿐인데 집 가까운 업소에 금액이 얼마나 드는지 물어보니 재료비 보다 인건비가 만만찮았다. 이왕 칼을 뺀지라 철물점에서 재료를 사서 인터넷을 뒤져 이리저리 용을 쓰며 일 층 입구 남의 집 방충망을 갈아 끼었다. 다 끝난 뒤 알게 된 나는 아예 수리공으로 나서라며 비단옷 입고 밤길 걷는 사람이 고작 가스 불 안 켜지는 것도 못 고치느냐며 비아냥됐다.

"고물 아닌 것이 없네. 사람도 고물 물건도 고물." 듣거나 말거나 쫑알쫑알 내 속 편하겠다고 혈압이 오르게 부아를 처지른다. 우리나라 영봉 백두산 사화산이 꿈틀꿈틀 징조가 감지된다는 말이 돌듯 사화산인 그가 드디어 활화산이 된다.

"인덕션 사러 가자." 주섬주섬 외출복을 갈아입으며 코를 푼다. 멀쩡한 것이 아깝기는 하다. 고쳐서 쓸까? 따라 나서려다 말고 결정을 못하고 알아서 사오라며 방문을 꽝 닫는다. 문밖에서 무슨 말인가 들렸지만 못 들은 척 귀를 막는다. 새로 바꾸자니 아깝고 쓰자니 재깍 불꽃이 켜지지 않으니 머리가 지끈지끈 아프다.

나선지 채 20분도 안됐는데 현관문이 열리며 무어라 하며 그가 들어선다. 그 짧은 시간 새것을 사 올리는 없을 텐데, 덜컥덜컥 몇 번 달그락거리더니 내 방문을 연다. "가스 불 켜 봐." 콧방귀를 끼며 못들은 척 월간지를 보는 척 한다. "가스 불 켜 보라고." 속으로 맥가이버로 변해 금방 고치기라도 했나, 궁얼대며 슬며시 돌아본다. "당신 건전지 언제 갈았어." 무슨 건전지? 하는 시늉으로 쳐다본다. "이 사람아, 건전지가 다 닳아서 그랬던 거야." 그러고 보니 아~ 그게 맞다. 근 일 년은 지난 것 같다.

싱크대를 바꿀 때 아예 붙박이로 설치한 가스렌지 바로아래 서랍을 열면 건전지 두 개를 끼우게 장치가 되어 있다. 7~8개월에 한 번씩 교체해야 점화가 잘된다. 깜빡 잊었다. 왜 건전지 생각을 못했을까, 건전지 두 개 때문에 며칠간 화를 삭이며 신경 줄을 세웠다. 원인은 알고 보니 성능 나간 내 머리, 두뇌가 맛이 갔다. 현대의학으로도 절대로 갈아 끼울 수 없는 두뇌가 말이다. 한갓 말도 감정도 없는 물건인 가스렌지가 말한다. '내가 고물이 아니라 당신이 고물이오.' 하고 비웃는다. 펄펄 머리에 열나게.

점화 스위치를 살짝 가볍게 누르자 파란 불꽃이 팔랑팔랑 춤을 추며 날름 혀를 내밀며 까분다. 약 오르지. 메롱 하며.

그 쪽 성향

한 여름 거센 폭풍우 지나간 뒷날이면 기세 좋게 뻗어가던 나무가 쓰러지고 또 뿌리 채 뽑히기도 한다. 어제의 성성한 기세도, 나 보란 듯 당당한 기개도 꺾인다. 꼼짝 못하는 나무만이 그럴까, 자긍심으로 무장한 잘난 사람도 처신 잘못하면 폭풍우를 맞아 거스르지 못하고 꺾인다.

좀 지난 일이지만 청문회자리에 서보기도 전 백기를 들고 돌아서는 장관후보자를 봤다. 뜨거운 물 펄펄 끓어 솟구치듯 들끓는 여론에 견디지 못하고 물러났다. 공직자 자리에 요구되는 도덕성 흠결이 문제였다. 그 후보자는 국립 서울대 교수로 설마 국가를 운영하는 자리까지 오를 것을 미처 생각 못했는지 모른다. 피가 끓던 젊은 날 좋아하던 여자 친구 몰래 혼인신고를 했다는 것이 만 천하에 밝혀졌기 때문이다. 금방 잘못을 알고 원상으로 돌려 법적으로 문제가 없었지만 말이다. 범부라면 젊은 한 때 객기라며 흐지부지 묻혔을 일이 장관자리는 지난 일일지라도 도덕적 흠결이 된다.

생의 마지막 길을 극단적으로 끝을 낸 전직대통령도 비리가 고구마넝쿨처럼 얽혔다며 요란법석 수사가 시작되었다. 나 같은 사람은 본질을 잘 모른다. 그러나 곁가지 말로 고급시계를 받았느니 안 받았느니 화제가 만발했다. 그 때 어느 기자가 '그 시계 참말로 어찌했느냐고?' 질문을 던졌더니 '그것 받았으면 와 없겠노, 내가 논두렁에 안 버린 이상' 그 말은 그 쪽 특유의 반어법인데 잘못 이해한 사람들은 논두렁에 고급시계를 버렸다는 말도 안 되는 억측으로 알아듣고 화포천변 논이란 논은 구석구석 눈을 부릅뜨고 찾았다는 말도 들렸다.

또 다른 한 사람 있다, 고향 사람들 말본새를 표준말로 고쳐 쓰면 낙제점이다. 야당 대통령후보로 출마했던 도지사출신은 감히 목 달아날까 벌벌 기어도 시원찮은 시절 정권 실세 비리를 파 헤쳐 '모래시계 검사'라는 칭호를 얻기도 했지만 자랑스럽게 펴낸 자서전으로 인해 낭패를 봤다. 대학시절 친구들과 민망하게 객기로 우쭐거린 일을 허공에 사라지는 말이라도 흠결이 될 텐데 글로 남겼기 때문이다.

세 사람 모두 폭풍우를 맞은 나무처럼 꺾이었다. 그런 중차대한 자리는 하늘의 뜻이라고들 말하지만 내 나름으로 추측해 본다. 그 세대들은 모두 8.15 해방둥이 거의 동 시대에 출생했으니 우선 내 주위부터 돌아보면 어느 정도 고개를 주억거리게 된다. 적당하게 농담 반 허풍 반 떠벌리기가 특기인 풍토에서 유년기를 보냈기에 말이다. 자랄 때 남아선호사상으로 대를 이을 자리라는 이유로 '너 잘 한다.'는 추임만 받아온 결과물일수도 있을 것 같다.

그들의 성향을 유추하는 이유는 바로 고향지척 사람들이기 때문이다. 지금 잣대로 보면 씨도 안 먹히는 소리지만 우리 세대가 어릴 때 그 시기는 남자는 하늘, 여자는 땅, 그것이 거의 공식이었다. 남아는 다소 허풍을 떨어도 고개를 끄덕였고 여아는 희생을 미덕으로 여기게끔 처음부터 끝까지 순종하도록 길들여지는 일이 관습이었다.

지금 잣대로 소도 웃을 일이지만 남자가 부엌에 들어가면 고추 떨어진다는 말은 귀에 못이 박혔다. 큰 일이 무슨 말인지 잘 몰랐지만 큰일을 해야 한다고 남자아이에게는 세뇌 시켰다. 그 대신 여자아이는 소소한 집안일과 육아는 당연히 맡아야한다는 관습이 지배적이었다. 흘러간 이야기꺼리겠지만 한 여름 소나기가 쏟아져 마당에 널어놓은 보리가 떠내려가도 남자는 책에서 손을 놓지 말아야한다는 소리를 듣고 자랐을 것이다.

내 생각에 그들도 환경이 그렇게 만들었을 것이다. 반어법과 툭 내뱉는 정제되지 못한 말, 그런 잘못된 환경에서 자랐으니 말이다. 40년 전후의 출생자들이니 오죽하랴, 아무리 새로운 교육을 받고 세월이 흘러도 본성을 고치지 못하는 잘못된 버릇이 코를 싸매게 만들었을 것이다.

우리 고장에서는 그 연배들은 대개 무슨 일인가 잘못 틀어졌을 때도 차라리 삼수갑산을 갔으면 갔지, 하며 말을 다듬지 못하고 함부로 내뱉는다, 유 불리를 따지지 않는 습성도 한 몫을 한다. 말 바꾸기 못하는 일이 무슨 벼슬처럼 여기는 것이 그쪽 풍토다. 뒷감당은 어찌되었던 직설적인 말에 수습을 못하면 두 손을 탁탁 털지라도 앞뒤 재지도 않는다. 장인어른을 '영감탱이'라는 말에 머리에 먹물 든 사람들이 우르르 일어나서 천하에 불쌍놈이라며 손가락질하지만 나는 친근함을 강조하는 예삿말로 안다.

그들 잘난 사람들과는 일면식도 없지만 여러 과정들을 보게 되면서 나도 움찔한다. 목까지 찬 나이가 되도록 고장 풍토를 답습하며 농으로 실없는 말과 대책 없는 행동거지로 설렁설렁 아무렇게나 살아오지 않았나싶어서다. 자란 곳 성향이 몸에 배어 땅의 위치로 살아온 삶과 또 둘러말하지 못하고 직선적으로 내뱉은 말을 곰곰 되짚어 보게 한다.

그 쪽 성향을 좀 안다면서 잘난? 세 사람의 흠결을 두둔하자는 것은 아니다. 다만 지난 그 시대 남자라며 웬만한 객기는 눈 감아 주던 내 고장의 관습이 잘못 된 것을 이제야 깨닫는다. 나도 여자지만 여자를 만만하게 여기다가 된 통 당한 일들이거나 말본새를 곱씹어 보면 뜨끔하다. 지금이라도 고쳐가며 살아갈 일이다. 고인이 되신 전직 대통령의 반어법을 잘못 이해한 사람들은 아직도 내 말이 무슨 말인지 도저히 이해가 안 되는지 알 수 없지만 말이다.

상습범

짙푸른 녹음처럼 물오르던 시절에는 이사를 해도 적응이 빨랐다. 시루떡 한 말 쪄 이웃에 돌리고 부녀회 가입도 하고 누가 시키면 마당발 반장도 넙죽 받아 수다를 무기로 친목을 도모하며 막걸리에 물 한 사발 타듯 어우렁더우렁 잘도 어울렸다.

이삿짐도 처음은 문짝이 마주 열리는 캐비닛과 책상, 간장 한 통이 전부여서 삼륜차도 헐렁하던 짐이 날이 갈수록 늘어 2.5톤 트럭으로 바뀌었다. 그 당시 정겹던 2424로 통하던 시대를 거쳐 이제는 익스프레스라는 이름으로 차 두 대도 모자라 화분만 1톤 포터가 따로 실어 나르는 포장이사가 되었다.

몇 번의 이사를 더 한 뒤 이번에는 가재도구를 절반 넘게 줄였다. 농담이라지만 뼈가 든 말, 나이가 들어갈수록 들어내고 들어내다가 마지막 가는 곳이 세평이라고들 말한다. 이참에 아예 차곡차곡 쟁여두고 쓰지도 않던 주방의 그릇도 큰 마대자루 세 개를 구입해서 주둥이가 버겁도록 버렸다. 또 얼마 주고 샀는데 하며 아깝다며 입지도 않은 유행이 지난 옷, 언젠가 입겠지 하고 모셔두어 옷장만 차지하던 옷, 거금을 주고 산 무스탕과 고급파카 등 두툼한 겨울의복이며 살 빼면 입겠지 하던 날씬 사이즈도 과감하게 정리했다.

그것뿐 아니다. 장롱과 침대, 책장도 2사람 꼭 필요한 것만 남기고 눈 딱 감고 모두 정리했다. 또 내 허영심을 채워주던 오래 된 책들도 마찬가지 신세로 전락했다. 이것저것 정리하다 보니 한 번도 안 쓴 물건들이 창고에 수두룩 쌓여 있었다.

평수를 줄여 이사한 아파트라 아깝다고 가져 온 물건들이 또 놓을 자리를 찾지 못한다. 이고지고 포개고 살 방법도 없어서 또 폐품으로 내 보내야 하는 과정을 겪으며 간신히 끼어 맞췄다. 그런데 무슨 일? 주방의 필수품인 냄비들이 몽땅 없다.

짐작으로 주방박스 하나가 통째로 없어진 것 같다. 늘 사용하던 비존 냄비며 고추장 담글 때 일 년에 한 차례 사용하는 대장 주걱이며 볶음 전용 3중바닥 후라이팬이며 늘 쓰던 플라스틱 손잡이 국자까지 보이지 않는다. 그래서 이삿짐센터에 전화를 했다. 아무래도 주방용 박스 하나를 빠트린 것 같다며. 어제 옮긴 이삿짐 차를 다시 한 번 살펴달라고.

그런데 대뜸 무슨 뚱딴지 말이냐며 역정부터 낸다. 어제 집이 좁아 어디 놓을지 모르겠다며 불퉁거리던 일이 떠오른다. 장정 넷과 주방을 담당한 아주머니 한 사람 그리고 사다리차 기사까지 여섯 사람은 음료수를 달라, 간식이 필요하다 등등 일을 마치고 사우나 갈 팁을 달라 주문이 많아 이사비용 백 오십에 팁 이십 만원까지 얹어 주었다. 처음 계약을 할 때 없었던 일이지만 차마 거절을 못해 선심을 썼다.

이삿짐 사람들을 큰 것만 놓을 자리에 대강 놓고 돌려보낸 뒤 보니 창고에 화장실용품과 주방용품들이 뒤섞여 있고 안방에 거실물품들이 뒤죽박죽 뒤엉켜 부려 있었지만 집이 좁아서, 집이 좁아 그 말이 듣기 싫었다. 말 그대로 좁으니까, 그러려니 한 귀로 흘렸지만 듣기 좋지는 않았다.

배달음식도 시키다가 아예 끓여먹자며 냄비를 찾으니 한 두 개가 아니라 단 한 개도 보이지 않는다. 혼자 생각으로 아마 버릴 것에 묻혀 나갔거나 아니면 박스 한 개를 덜 내린 것이라 생각했다.

찾아도 없으니 물어 본다고 전화를 했는데 무슨 뒤통수나치는 상습범 취급을 한다. 험한 말로 대뜸 몰아 부치며 숨이 턱 막히게 나쁜 말을 한다. 가슴이 펄떡펄떡 뛰고 백주에 날벼락 뺨 맞은 기분이다.

물건 없어지고 당하다니…… 크게 숨을 몰아쉬고 마음을 누르며 없어진 품목을 문자로 보냈다. 그리고 뼈가 든 말 한마디도 추가했다. 이삿짐을 옮기다 보면 더러 물건이 없어졌다며 트집을 잡는 사람이 있는지 정말 황당한 말을 한다. 이삿짐을 옮기고 나면 꼭 뒤통수치는 *이 있었다고.

입 거칠어지고 머리가 지끈거리는 하루가 지났다. 하기는 내 것 잃고 마음 상한 일이 더러 있기는 하다. 쓰던 물건에 어찌 비할까, 마음 나누던 친구가 등을 친 일도 있었고 입에 든 것도 나누던 이웃도 야멸차게 안면을 바꾼 일도 스스로 다스렸는데 비교 할 일은 아니지만 몇 년 쓰던 주방용품을, 하고 뒤늦게 후회가 된다. 암말도 말걸, 그렇지만 오는 말이 속을 뒤집겠다고, 부아를 돋우겠다고 작정한 듯 막말을 들었기에 좋게 마음을 먹으려 해도 이미 엎지른 물이 되고 말았다.

사흘간 멧돼지처럼 길길이 날뛰던 이삿짐센터에서 어투가 달라졌다. 느닷없이 통장번호를 말하란다. 주방용품 값을 입금하겠다며, 그만 두시라는 내 말에 다시 가격을 물어온다. 나는 어쩌다 이삿짐센터 등치는 여자가 되었다. 사람과 사람사이 시시비로 팽팽하게 기 싸움을 시작하니 시정잡배 되기는 순식간이다.

전화를 끊고 한숨을 쉬며 이제 그만두겠다며 마음을 접었다. 마트에 가서 당장 필요한 것 한나라도 사 오자며, 그런데 조금 후 사장이라며 전화를 해왔다. 바쁘고 힘들다보니 직원들이 예민해진 것이라고. 이해를 바란단다. 그리고 덧붙이는 말이 원만하게 처리를 해 드리겠다고. 그때서야 꼭 철부지처럼 내 편이라도 생긴 듯 그간의 일을 되는대로 중구부언 했다. 삼년도 더 쓴 것이지만 당장 필요했고 찾아봐도 없으니 말하게 된 것이라고,

그렇게 끝냈는데 저녁나절 누군가 벨을 눌렀다. 인터폰으로 보니 덩치가 산 같고 인상은 험하게 보이는 사람이 현관문 앞에 서있다. 하필이면 혼자 있을 때다. "누구세요?" 얼굴을 마주 하지는 않았지만 그간 시시비로 얼굴을 붉힌지라 새가슴이 되어 현관문을 열었더니 박스를 들고 서있다. 외모와 달리 언성은 부드럽고 나직하게 사장님 심부름이라며 죄송하단다.

잠깐씩 정신 줄도 놓고 사는 내가 저들 말처럼 증거도 없는 물건을 두고 협박 하느냐고 일갈하던 음성이 귀에 쟁쟁하건만 냄비를 들고 있는 이삿짐센터 사람을 보니 미안했다. 쇠 대가리라도 삶을 수 있는 큰 냄비와 제일 작은 것은 도로 가져가시라 하고 당장 사용해야 할 중간 것 두 개만 받았다. 그 동안 험한 말 들은 값으로 치자

며, 잃은 물건도 내 실수는 아니지만 나도 한 바탕 홍역을 앓기는 했다. 그 날 우리 집 이삿짐 팀으로 일한 이들이 필경 일당을 떼어서 마련했을 것만 같다.

몇 번 이사를 했지만 이번 같은 일은 처음이다. 남의 눈에는 그저 하잘 것 없이 보이는 물건일지라도 당사자에게는 당장 아쉽다. 다른 누군가도 나처럼 황당한 일을 당한 사람이 있는지, 나는 그들이 처음 쏘아 붙이며 막 돼 먹어 등이나 치는 꾼으로 여기던 말투가 아직도 상처로 남아 아물지 않았다. "상습범 아니야, 이 여자"하며 귀가 먹먹하게 소리소리 내지르던 그 목소리가.

속물

나뭇가지가 부러져 수액 공급이 원활하지 못하면 말라서 잎이 떨어진다. 그것처럼 내 통장에 입금이 말라가고 있다. 수십 년간 다달이 꼬박꼬박 입금 되다가 하루아침에 낙동강 오리알 신세가 된 이유는 그가 일 손을 놓은 후다. 평생 경제활동 해 본 적 없으니 주는 물만 받아먹다가 이제는 바가지 물도 끊기고 있다. 그의 쥐꼬리 연금은 내 통장까지 물길을 댈 수 없다. 공과금은 자동이체 되고 웬만한 주, 부식도 인터넷으로 주문하니 현금 쓸 일이 줄어들기는 했다.

이렇게 목마를 줄 알았더라면 미리 딴 주머니 마련했더라면 야금야금 뽑아 쓰는 재미라도 있을 걸, 허나 이미 때는 지나가고 말았다. 하기는 안 해 본 것은 아니다. 그는 물론 모르지만 마음이 탱탱할 때 어디 썼느냐고 묻지도 않으니 그 시절 제법 주머닛돈을 만들기는 했었다. 구렁이 알 같은 내 비상금을 입안 것 나누어 먹던 친구 년 귓속말에 홀딱 넘어가 날개 달고 날아가 버렸다. 나 뿐 아니라 다른 친구들까지 굴비로 엮이기는 했다. 풍문으로 지금은 지구 반대편 어느 나라에서 크게 성공하여 떵떵거리며 산다는 소식을 듣기는 했다.

배를 쑥 내민다는 친구 년이 우리나라 어디쯤이라면 찾아가서 얼굴이 푸르락 붉으락 씩씩대며 한바탕 팔을 거둬 부치기라도 했을지 몰라. 요즘처럼 입금이 뚝 끊어졌을 때 몇 푼이라도 돌려받으면 속이 좀 풀리려나, 하지만 한 두 발도 아니고 그 먼 나라까지 열세시간 항공기 신세를 진다해도 그간의 행동을 보면 둘러댈 것 뻔해 보이니 생각만으로 스트레스만 팍팍 쌓인다.

슬슬 열이나 채울 상대는 그 밖에 없어 빈 통장을 탈탈 털다가 찍자를 붙는 일이 영업이다. 통장에서 빈 깡통소리가 나니 입으로 먹어도 속이 헛헛해지니 손 닿는대로 꿀꺽꿀꺽 먹다보니 다른데 다 두고 볼따구니만 살이 붙어 그렇지 않아도 주름살이 저축하듯 느는 중인데 犬(견)들 중에서도 심술 통이 험상궂은 불도그 상으로 변한다.

한 달에 한 번 만나 밥 먹고 영화보고 차 마시는 오십년 지기 계원들은 거의 꽃방석자리라 옛말로 등 따습고 배불러 콧노래만 부른다는 봉도각시처럼 여유롭고 오동통하다. 주 수다는 보톡스를 맞았네, 눈썹 문신을 했네, 미간을 폈네, 입가 주름살 폈네 하며 하하하 호호호 중년 때 보다 더 복 많은 노년을 즐기건만, 나는 거꾸로 젊을 때는 살랑살랑 여유로워 푼수데기로 까불다가 이제는 목소리마저 힘이 빠진다.

아침나절 그가 들으라며 한 차례 통장을 흔들어보이다가 찡그리고 쇳소리 내 봐야 애시 당초 국물도 없을 일, 입만 아프고 주름살만 더 늘어날 것, 에라 마지막 비상금 탈탈 털어서 지갑에 넣어 두어야 바람 든 무 같은 마음이 채워질까 싶어 우중충한 마음을 털어내듯 샤워를 한다. 부스스한 머리에 헤어로션을 바르며 드라이로 꽃단장 흉내를 내봐야 그저 그런 모양새지만 그래도 패딩을 걸치고 지난날 호시절에 거래하던 은행으로 나선다.

큰 길로 나와 횡단보도를 건너려 신호등을 기다리는데 바지선이 반듯하고 중절모를 쓴 늙수그레한 남자노인도 같은 방향인지 옆에 섰다. 이내 푸른 점멸등이 켜지고 거의 동시에 반대편 보도에 올라섰다. 몇 발자국 옮겼을까, 갑자기 내 손을 덥석 잡더니 이렇게 추운 날 왜 장갑을 안 꼈느냐고 말을 붙인다.

"아~ 예" 나도 모르게 미소를 보낸다. 쓸개도 집에 떼어 놓고 다니는지라 상냥하게 "별로 춥지 않아서요." 한다. 이럴 때 표정관리를 잘해야 하건만 웃음을 보이면 어떡하나, 문득 삼식이가 하던 말이 생각난다. '아무나 보고 웃고 누구에게나 친절하고 남녀노소 격의 없이 대하는 당신은 맹물이다. 사람이 좀 매듭이 있어야지 남들이 오해하기 딱 좋은 처신'이라 말하더니, 그런데 왜 이 순간 그 말이 떠오를까? 하기는 그 말도 꽃처럼 방글거리던 젊은 시절에 유효하지, 이제는 다 흘러간 옛 노래가 되었건만 아직도 못 고치는 내 덜떨어진 행동은 평생 갈 모양이다.

"인상이 참 좋습니다, 지가 혼자라서요, 친구하면 안 될까요?" 이건 또 무슨 수작질, 퍼뜩 정신을 간추리고 안 그래도 쿰쿰한 기분 강펀치나 한 방 날려볼까, 수다 질 입 여기서 써볼까 "그래요, 돈 좀 있으세요." "네 쓸 만큼 됩니다." "지금 주머니에 얼마 있으세요," 멈칫뜨악해 하더니 "현금 조금 있고요, 카드가 있습니다." "아니 요즘 카드 없는 사람 어디 있어요." 정작 체크카드도 안 가지고 다니는 사람은 나건만 멀겋게 생겨먹은 노인이 체신 머리 없어 보여 된 말을 내뱉었다.

덥석 손잡은 값은 이만하면 말 펀치로 돌려준 셈이다. 하기는 외모는 펑퍼짐해서 마음 너그럽게 생겨먹었다고 수월하게 보였는지 모르겠다. 그러나 내 한 마디 말에 흠칫 놀라 고 주둥이에서 나오는 말본새, 하고는 싶은지 아니면 막 되 먹었구나, 싶었는지 포장 잘된 인도에서 돌부리에 걸린 듯 기우뚱 하더니 잰 걸음으로 앞서 내뺀다.

그럭저럭 은행건물이 코앞이다. 쭉 처진 볼따구 하며, 달아나며 필경 욕 말을 했을 것만 같다. 욕 말 들을 만 하지, 어디 돈이 있니, 없니, 나오는대로 내뱉은 나를 생각하니 간이 배 밖에 나왔다. 통장은 빈 깡통소리가 나고 다리는 절름절름 마음에는 찬바람이 관통하니 막 되먹기는 순간이다. 나이 들면 고고하게 흉하지 않은 모습으로 살리라 했던 계획은 저 멀리 달아났다.

내가 얼마나 변했는지 돌아보면 나라에서 정한 노인반열에 들어선 후 전철을 타면 노약자석 세 자리 중 시금털털한 남자노인이 양쪽으로 앉고 가운데 한 자리 비었을 경우 작년까지만 해도 나 늙은 것 모르고 새침 떨며 외면했다. 낯이 화끈거려 끼여 앉기도 거북스러웠는데 지금은 아니다. 염치불구, 다리도 허리도 앉아라, 명령하니 에라, 하고 행동에 옮기면 안방의 보료처럼 편하다.

몸이 원하는대로 순순히 백기를 들면 냄새에 민감한 개 코 기질도 알량한 체면도 안면몰수다. 잠깐이지만 몸이 편하니 '만고강산 유람할제'다. 스스로 생각해도 이제는 볼 장 다 봤다. 짱짱하던 다리와 허리가 부실해지면서 부터 행동도 마음도 속물이 됐다는 증거다.

꽁꽁 숨기고 싶은 사연도, 맥 빠진 농담도 진짜인지 가짜인지 남이야 믿거나 말거나 자포자기 상태가 된다. 나이 들어서 입말은 줄이고 주머니 끈이나 풀어 헤쳐 인심이나 쓰며 살겠다고 했던 지난 꿈은 흘러간 옛 노래다. 유행가 가사 한 소절이 나를 대변한다. 젊음도 체면도 '아~ 옛날이여'다. 아니라고 도리질 해 본들 무슨 소용, 이제 입 꾹 다물고 더 이상 속물은 안 돼, 내 자존심 한계는 여기까지다.

실크가 삼배되다

“저걸 어째”

울타리 없는 과수원에 농로가 빙 둘러 있으니 저절로 눈길을 끌 것이다. 그러니 지나가며 한 마디씩 던지기 예사다. 말복까지는 날벼락이 내리쳐도 따내야 하는 초록사과가 어른 주먹보다 훨씬 크다. 그것들은 무게를 이기지 못해 툭 툭 떨어져 사과나무 아래 수북하게 뒹굴고 꼭지에 달린 것은 작고 못생긴 것들만 남아있으니 오가는 사람들이 던지는 말이다.

우리 밭 사과는 시중에서 부르는 이름은 아오리지만 초여름 출하시기가 오면 초록이 절정이라 초록사과라며 나 혼자서 개명을 했다. 초록사과는 여름 첫 휴가철이 제철인데 그 때쯤이면 절기가 삼복과 겹쳐 숨 쉬기조차 짜증스러워진다. 남들 따라 대강 농사짓는 시늉은 하지만 인건비도 안 되는 일이라 ‘에라 모르겠다.’하는 마음으로 차일피일 하며 조금만 날씨가 시원해지면, 하고 미루었더니 꼴이 저렇다.

어느새 추석이 낼 모레니 어른 두 손으로 감싸고도 넘치는 붉은 홍로가 차례 상을 점령할 시기다. 뒤이어 다음 주자인 양광이 출발선에 설 차례다. 홍로는 색도 붉고 살이 조금 푸석거려도 단 맛이 초록사과에 견줄 수 없다. 거기다 보기도 탐스러워 얼른 손이 가지만 그것 홍로도 한 때가 있어 추석이 지났다하면 헐값 신세다.

껍질을 벗겨도 속살이 맑은 양광이란 사과가 바로 바톤을 이어 받으니 다음 주자에 자리를 내어 주어야 한다. 보통으로 사과는 깎아 놓으면 거의 속살이 침침하게 변하지만 양광은 시간이 지나도 백옥처럼 그대로라 호시절에는 고급술상 자리를 독차지 했다는 관록이 붙은 품종이다. 그러니 우리 밭 초록사과는 시절도 지났고 때도 늦었으니 화가 올라 저도 한 번 붉어보자며 심술이 났는지 붉을락 푸르락 가지에서 떨어지지 않으려 용을 쓴다.

아오리, 초록사과 특징은 과육이 찰박찰박 수분이 많다. 그러나 살이 물러 조금만 힘을 주면 멍 자국이 생긴다. 꼭 간난 아기 다루듯 해야지 적당히 얼렁뚱땅 다루면 어둠침침 색이변하고 상처가 생긴다. 살살 달래고 상전 모시듯 극진히 위하지 않으면 금방 낯 색이 변한다. 첫 해는 초록사과의 속성을 모르고 지인에게 맛보라며 택배로 보낼 때 한 개라도 더 넣으려 빼꼭하게 채웠더니 서로 몸이 닿아 모조리 흠과가 되었다. 그렇건만 받은 사람들은 고맙다 맛있다고 좋은 말만 해서 상처가 생긴 것도 몰랐다.

사과 중에 제일 먼저 출하되는 초록사과도 삼복에는 새콤달콤 절정의 시기가 있다. 탱글탱글 초록색이 곱고 풋풋할 때다. 잘 나고 능력 있어도 도도하여 결혼 같은 건 눈 아래로 보는 골드미스처럼 시기를 놓치면 소비자가 외면한다. 복 중에는 달고 보들보들 씹히는 식감도 좋지만 뒤따르는 품종과 비교하면 밀려난다. 때를 놓치면 아우 사과들이 달콤 상큼한 맛으로 나 잘났다며 얼굴을 내밀어 값이 형편없이 떨어진다.

지난날 평준화 정책이 없었던 때는 사과의 등급처럼 학교도 서열이 뚜렷하여 중학교부터 고등학교 모두 성적에 맞춰 시험을 봤다. 공부를 잘하면 누구나 부러워하는 일류로 진학 할 수 있었다. 우리 학교에서 일등만 하던 친구는 그야말로 일류에 당당히 합격했다. 교명만 들어도 주눅 드는 학교를 졸업한 친구는 그 후 결혼도 친구들이 시샘하는 일등 신랑감을 만났다. 딸 하나 아들 둘 삼남매 역시 일류로 키워냈다. 그러나 아들딸들이 우리 밭 초록사과처럼 결혼 적령기를 지났다. 물론 평범하고 별 볼일 없는 나 같은 사람이 결혼 적령기다 뭐다 말을 만들지만 요즈음은 맞는 말은 아니다.

그러나 우리들의 킹카였던 그 친구는 걱정을 한다. 자식들이 나이가 차도 결혼 같은 건 거들떠 안 보니 애를 태운다. 이제는 세상이 달라져 비혼도 당당하게 잘 산다. 각자 개성을 중하게 여기는 시대로 변하고 있지만 친구도 나처럼 나이가 드니 자식이 일가를 이루기 바란다. 그러나 자식일이 어디 뜻대로 되는 일인가, 그래도 부모는 자식 짝을 맞추어야 두 다리를 쭉 편다는 말도 있다. 한창 물오른 시기를 놓쳤다고 생각하는 친구를 보면 더위를 탓하며 나 몰라라 미룬 우리 밭 초록사과처럼 때가 지났다는 생각도 들기는 한다.

붉지도 푸르지도 않는 초록사과를 바라보면 내 마음이 무겁다. 땀 흐르고 덥다고 미루다가 만 사람의 입질에 오르내리게 만들었다. 변명이야 나를 위로하는 말일 뿐 때와 시기를 놓친 것은 맞는 말이다. 이런 말이 있다. 보들보들 감촉 좋은 실크도 유행을 놓치면 뻣뻣한 중국산 삼배 값으로 내려앉는다고. 시기 놓친 초록사과를 바라

보며 헐값일지라도 감지덕지 농산물 공판장밖에 길이 없다. 과일이 아닌 다른 식품으로 쓰임은 있겠지, 하고

더워, 더워하며 시기를 놓쳐 지나가는 농부들이 한 마디씩 던지는 말 무게까지 얹어 못난이를 골라 사과즙을 만들려면 죄 없는 오른 팔을 혹사해야 할 것이다. 실크가 삼베 값 꼴인 철 지난 초록사과를 바라보며 늦었지만 사다리를 놓고 조심조심 따내야할 것이다. 만약 공판장서도 퇴짜를 맞으면 꼭지를 파고 배꼽을 도려내어 사과즙 만들기를 강행할 것이다. 다시는 안 볼 것처럼 덥다고 게으름부린 일들을 자책하고 후회하며.

훠이

칼바람이 부는 한겨울이지만 꽃들이 소담스런 화훼단지가 있다. 장미와 안개꽃 향기로운 후리지아를 키우는 하우스가 즐비한 곳, 그 옆 둑길을 걷노라면 저절로 꽃 향이 스민다.

언니가 퇴행성 관절수술 후 일부러 운동 삼아 걷는 길이다. 그 길 둔덕에 잘 키운 꽃들이 헤진 넝마처럼 아무렇게나 널브러져 있었단다. 절룩거리는 걸음으로 아까워, 아까워서 버겁도록 안고와 집안 가득 꽂았다고 전한다.

원흉 같은 코로나19가 아니었다면 이맘 때 맞춤으로 입학과 졸업으로 한껏 치장하고 교문 앞에서 불티났을 꽃들이다. 성장한 신부처럼 고운 모습으로 축하 자리에 당당했을 꽃들이다. 듣도 보도 못한 코로나란 미물은 사람에게만 직격탄을 때린 것이 아니다.

다른 곳 소식도 우울하게 전해온다. 제주 서귀포의 한 농부는 예초기로 햇마늘을 자르는 모습이 TV 화면을 채운다. 중간상인이 발길을 뚝 끊어 판로를 찾지 못한 일도 이유가 되겠지만 일손을 돕던 외국인 노동자들이 썰물처럼 빠져 나가 뽑아내고 묶어야 할 인력도 없고 출하를 해 봐야 인건비도 못 건진다는 일이 또 다른 이유라고 한다.

또 전남 신안의 대파도 70%를 폐기한다는 소식도 들린다. 학교급식에 납품하였으나 코로나로 인해 전국의 초 중 고 대학까지 문을 닫았으니 대량 구매처가 사라진 탓이라 전한다.

난리, 난리 어디 농촌만 그럴까. 거실에서 멀찍이 보이는 중견급 호텔은 복작거리며 드나들던 승용차 행렬이 뚝 끊어졌다. 세단행렬이 꼬리를 물었고 주말이면 특별메뉴 상차림 홍보로 목에 힘이 들어 간 사람들의 발걸음이 뒤엉키던 곳이다.

가까운 쇼핑센터 홈플러스도 독거노인처럼 썰렁한 형색이 짙다. 사람들의 발길이 뜸하다. 나는 재래시장을 주로 이용하지만 가끔 찾게 되는데 그 때마다 손님이 넘쳐 발길에 걸려 넘어질 듯 문전성시를 이루던 곳이다. 그런데 이게 웬 일, 며칠 전 들렀더니 손님은 없고 종업원이 더 많아 보인다.

코로나로 나도 변했다. 전에는 황사가 자욱한 날 마스크를 쓰면 갑갑해서 가능한 한 외출을 삼가 했다. 그런데 이제는 마스크가 필수품이 되었다. 아주 잠시잠깐 음식물쓰레기 버리려 갈 때도 면장갑과 마스크를 착용하게 된다. 그것은 거주자 한 사람 한 사람 모두가 사용하는 승강기라 꼭 지켜야만 안전한 공간이 된다는 생각 때문이다.

벌써 두 달째니 잠자던 새싹이 한 뼘 넘게 자랐고 분분하던 벚꽃도 상춘객 없이 혼자서 피고 졌다. 거리의 가로수는 병아리 혀 같은 연초록 잎새를 내밀고 개나리도 노란 별꽃이 지고 어느새 푸른 스카트로 갈아입었다. 공원의 연산홍은 눈 여겨 보는 이 없어도 혼자 홍조를 띄고 쓸쓸히 봄날을 보낸다. 날씨가 따뜻해지면 코로나19도 어지간히 지독을 떨었으니 아무리 눈도 코도 없는 바이러스지만 체면이 있을 것이다. 그만큼 유세를 부렸으니 이제는 알아서 물러가지 않을까? 본래 시작이 있으면 끝이 있기 마련이다.

천금을 주어도 아깝지 않다는 봄밤도 저 만치 손 흔들며 돌아서려 하건만 외출을 삼간다. 마스크로 입과 코를 봉하는 것만 답답한 것이 아니라 꽁꽁 싸 맨 마음도 갑갑하다. 집안에서 맴을 돌고 있으려니 나른한 춘몽만 나비 등을 타고 허공에 나른다. 살랑살랑 연녹색 얼굴로 방긋 미소 지으며 새 옷 입고 보드랍게 다가오는 봄이건만 경쾌한 발걸음은커녕 먼 산의 아지랑이마저도 마음껏 바라볼 수 없는 형국이다.

참다 참다 더 참을 수 없어 바이러스란 것 알지 못하던 그 옛날처럼 푸닥거리라도 하듯 나무란다. 코로나, 이 못된 것 이젠 제발 그만 좀 물러 서거라. 눈에도 안 보이는 것이 무슨 패악 질, 유세 부릴 만큼 부렸잖아 그 만큼 세상을 휘둘렀으면 물러갈 때도 됐지, 정말 생각조차 싫다. 나는 무슨 만신이라도 된 듯 소리치고 싶다.

훠이~훠이 저리 물러 서거라. 훠이~

제4부

보조개 사과

동물의 감각

신문에 실린 한 컷 사진 한 장이 눈길을 끈다. 두 사람의 남자가 걸어가는 배경 아래로 수만 마리 두꺼비가 이동 중이다. 중국 쓰촨성四川의 대 지진의 재앙은 수많은 사람들 목숨을 앗아갔다. 그 끔직한 지진이 일어나기 사흘 전 사진이라는 설명이 붙어있다.

동물이 자연재해를 예측하는 능력이 있다는 말을 듣기는 했다. 인간보다 감각이 민감하여 재빨리 반응을 보인다는 것이다. 과학으로 규명 된 것인지는 알 수 없어도 여러 동물들의 특이한 행동을 보면 어느 정도 고개를 끄덕인다.

남편은 젊은 날 현장 근무로 외국 여러 나라를 오갔다. 80년대 초반 이라크에 근무할 때다. 그 당시 이란과 이라크가 8년간의 전쟁소용돌이 속에서도 한국 근로자는 건설현장에서 위험을 감수하며 일했다.

크레인 자체 무게만도 50톤이라고 했다. 거기에 현장에 필요한 짐을 가득 싣고 두 나라 국경선 부근으로 이동 중이었다. 사막처럼 막막한 모래언덕을 가로지르는 길에 야트막한 능선에서 갑자기 들개무리들이 달리는 차바퀴 아래로 뛰어 들었다. 위험을 모를 리 없는 들개무리가 절대 절명의 순간에 몸을 피하기 위함인 것을 어찌 알았으랴.

어찌해야할까를 생각할 틈도 없이 그 순간 새카만 까마귀 떼가 하늘을 덮듯 찰나에 천지사방이 캄캄해지더니 이란과 이라크 양국 전투기가 불을 뿜기 시작했다. 혼비백산이란 말은 그럴 때 쓰라고 만들어 놓은 말인가, 그 근처를 지날 때면 평소에 들개 무리는 꼬리를 늘어뜨리고 슬금슬금 움직이다가 사람을 보면 재빨리 도망치던 놈들이라고 했다.

또 다른 이야기다. 제부는 젊은 날 마도로스였다. 일등 항해사로서 파나마국적의 2만 톤 외항선이 직장이었다. 한번 출항하면 빨라도 6개월, 때로는 1년이 걸리는 대 장정이었다. 바다가 삶의 터전으로 오대양 육대주를 누볐다. 선박 안에는 해충도 묻어 드는데 쥐도 어떻게 숨어들었는지 기식한다고 했다. 사람이 사는 곳이면 숨어서 사는 몹쓸 짐승이 쥐다.

쥐란 놈이 영리하기가 사람 뺨 때린다는 것이다. 오랜 향해 중 잠깐 낯선 항구에 정박을 하면 얼마 후 한바탕 휘둘릴 일기불순을 어찌 감지하는지 로프를 타고 육로로 도망친다는 것이다. 그것을 보게 되면 경험으로 미루어 아무리 급박해도 며칠을 차일피일 출항을 늦추어야 한다고 했다. 쥐가 육지로 달아나는 것을 보면 며칠 사이 반듯이 큰 해일이 일거나 폭풍우가 밀려온다는 것이다.

해충이라 혐오하는 쥐, 병균이나 달고 다니는 몹쓸 쥐도 선박에 숨어들어 공생?을 하다가도 위험이 닥칠 일을 미리 안다는 것이다. 지금이야 최첨단과학으로 일기예보도 정확하고 한 달 후까지 예측이 가능하겠지만 몇 십 년 전에는 한갓 미물인 쥐의 움직임도 예사로 넘기지 않았다고 했다.

어디서나 흔하게 볼 수 있는 개미도 가만히 지켜보면 흥미롭다. 장마가 시작되는 계절이 오면 줄줄이 일렬로 검은 띠를 이루며 높은 지점으로 이동 하는 것을 볼 수 있다. 그것 뿐 아니다. 눈도 코도 없는 지렁이도 땅이 축축하면 밖으로 기어 나오고 울음소리마저 '비비'거려 비새라는 방언으로 불리는 호반 새도 구름이 내려앉고 기압이 낮아지면 비 내릴 징조를 미리알고 목청껏 운다. 지금은 보기 어려워진 제비도 낮게 나르면 이내 비가 내렸다.

지금은 슈퍼컴퓨터가 동원되고 위성으로 실시간 전송을 받으니 거의 완벽하게 기상이변을 예측한다. 그러나 간혹 과학의 한계를 시험하듯 불시에 어마어마한 해일도 일고 순식간에 쓰나미에 휩쓸리는 경우도 당한다. 이웃나라 일본에서도 지진과 화산분출이 예고 없이 일어나는 것을 듣는다. 때로는 일기예보를 믿고 방심하다 눈사태에 갇히기도 하고 물난리를 당하기도 하지 않는가.

사진 한 장을 보고 생각이 꼬리를 문다. 앞으로 특이하게 민감하게 반응 하는 동물의 감각을 연구하는 학문으로 '동물감각학과'가 계설 될지 알 수가 없다는 생각도 든다. 기상이변에 대하여 과학적 분석과 더불어 초자연적인 동물의 생태를 연구관찰 병행한다면 재난에 대비하는 일이 더 정확할지 알 수 없다. 만약 쓰촨성 두꺼비 이동을 보고 지진을 미리 예측했다면 인명피해가 훨씬 줄지 않았을까.

앞으로 갖가지 재앙을 미리 예견하고 대처할 수 있도록 행여 장렬한 두꺼비행렬이라도 보게 되면 예사로 넘기지 말 일이다. 동물이

나 하찮은 미물일지라도 특이한 행동을 보이면 바짝 긴장하고 알아 볼 일이다. 인류의 대 재앙을 막는 일에 동물적 감각도 이용가치가 분명히 있을 것이니 말이다.

밤 영업하는 사내

섹시배우처럼 반쯤 감은 눈으로 백치처럼 입술을 달삭이며 신음하던 밤, 환락으로 숨넘어가며 짧은 괴성과 뱀처럼 감긴 몸으로 할딱거리며 혼곤하게 젖도록 천둥소리 들리는 무아지경의 밤, 그런 밤이 언제 있었던가?

꽃봉오리 필락 말락 열여섯 물오르던 시절, 치맛자락 아래로 풋비린내 풍기며 들어내지 못해도 공부보다 남학생에게 호감이 먼저 가는 야릇한 감정이 앞설 때, 아니면 탱탱하게 한껏 마음 부풀어 세상이 눈 아래로 보이는 스물 살 전후 이성의 눈빛만으로 몸이 먼저 반응하던 그때가 혹시 황홀한 밤이라 말할 수 있을까?

거룩한 밤이란? 초야를 말하는가, 실루엣조차 흐릿한 이촉 전구 아래 불빛마저 어룽어룽 깜빡거릴 될 때 하늘이 점지한 씨앗을 품겠다고, 겨드랑에 천사처럼 날개가 돋아 포르르 천장에 올라붙는 범상치 않은 영웅호걸을 잉태하려 눈 감고 합방한 날?

고요한 밤, 거룩한 밤, 황홀한 밤 생각만으로 침이 마르는 그 날을 말하는 것이 아니다. 천구백 육십년도 이름조차 겉돌던 호텔이란 곳에서 신혼여행이란, 설렘보다도 긴장이 탱탱하게 몸을 조여 오던 그런 밤이라 말해볼까? 숙박자를 위한 찰랑찰랑한 욕실의 용도도 몰랐을 때다. 외국영화에서 훔쳐 본 침대라는 잠자리를 처음 보았을 때 심장 박동이 쿵쿵거린 그런 밤을 억지로 고요한 밤이라 갖다 붙이면 안 되겠지.

가격표가 큼직하다. 곁눈으로 쳐다보는 행인들 얼굴에 피식 웃음이 머문다. 특별한 이름의 밤栗으로의 초대, 지난 날 허름한 여관방 숙박비 보다 싼 값이다. 내가 탱탱 물올랐던 이십대 그 때라면 여관보다 값이 헐한 여인숙 유숙비 쯤 될라나? 아니다. 조선시대 과거보러 서울 가는 과객이 하룻밤 묵으며 외상도 긋던 주막집 허름한 곁방 값?

지금은 날씨가 청양고추처럼 알싸하니 어둠이 내리기 전 고요한 밤, 거룩한 밤은 뒤로 미루고 왠지 입에 올리는 단어마저 전류가 찌르르 흐르는 황홀한 밤으로 다가선다. 수북하니 눈에 딱 들어오니 앞 뒤 잴 것 없이 저지르고 보자. 젊음을 주체 못하던 혈기는 시들해졌지만 언제 이런 기회가 쉬울까, 기회란 늘 있는 것이 아니다. 몸과 마음이 움직일 때 찌르르 전류가 통할 때 놓치면 후회한다. 오가는 이목 따위는 상관치 말자.

가까이 다가서니 육십 후반으로 보이는 구레나룻 사내는 내 취향은 아니다. 그것까지 헤아려서 뭘 해, 황홀한 밤인데 뭘, 외모까지 마음에 쏙 들면 더 좋겠지만 따질 일은 못 된다. 히죽 웃는 모습도 별로지만 어쩌랴, 덥석 받아드니 이름값은 하는지 따뜻한 온기가 손바닥부터 전해오며 서서히 오감을 훈훈하게 만들겠지.

모 구청 역, 한 쪽 길에 형편대로 고를 수 있는 황홀한 밤, 고요한 밤, 거룩한 밤을 버젓이 광고하며 영업을 하는 남자가 있다. 고요한 밤 삼천 원, 거룩한 밤 오천 원, 황홀한 밤 만원인 구레나룻 시커

먼 사내가 주인인 리어카좌판이다. 썰렁해서 누구에겐가 안기고 싶게 날씨도 싸아 하고 마음이 허하고 몸에 알 수 없는 생 바람이 들면 고요한 밤이거나 거룩한 밤이거나 황홀한 밤을 마음대로 고를 수 있다.

불타는 밤, 한 품목 더 만들어 이만 원 가격표를 정한들 누가 시비 붙일 사람 없는 밤 장수는 전문 영업(?)이다. 십팔금 단속반도 빙긋 웃고 갈뿐 못 본 척 눈감아 주는 밤 영업, 젊은 날, 달콤한 환희로 몸 떨며 비몽사몽 하늘로 붕 떠오르는 몸의 기억은 없지만 오늘 홀랑 벗긴 밤 한 톨을 입에 넣으니 키스보다 달콤하고 고소해서 끈끈한 타액이 입 안 가득 고인다.

밤꽃이 피면 그 비릿한 내음으로 온 몸의 감각이 비틀거리며 아득한 수렁으로 빠져드는 오월 어느 밤처럼 황홀한 밤을 샀다. 저 사내는 나뿐만 아니라 누군가가 다가서면 펄펄 기운이 뻗쳐 야릇한 밤으로 초대하며 환심을 산다. 원하는대로 고객의 비위를 척척 잘도 맞춘다. 아마도 저 사내는 떨이로 남으면 때도 없이 남자의 정력제라는 밤을 먹으니 젊은이나 늙은이나 슬그머니 곁눈질로 다가서면 밤 영업에 신바람이나는 모양이다.

같은 어원이지만 밤夜과 밤栗이 엄연히 다르건만 나름으로 머리회전이 되는 사내인지 밤 영업에 재미를 붙인 모양이다. 음절이 짧고 긴 것을 무시하고 밤을 팔면서 동의어를 조율한다. 지금은 밤栗을 파는 사내지만 한 때 정말 밤夜영업을 했는지 뒷조사하는 사람이 설마 있을라구.

그나저나 밤夜이 외로운 사람은 밤栗을 먹으면 참말로 이성 따위는 마비시킬 만큼 감성으로 젖어 흐물흐물 몸이 널브러지는지 남 말만 듣고는 모를 일이다. 이성간 사이에 손만 맞잡아도 찌릿찌릿 물불이 감당 되지 않는지. 아니면 활활 타올라 스르르 재만 남게 되는지, 섹시배우 연기처럼 실제도 그런 느낌이 오는지, 먹어보고 느껴봐야 알게 될 것이니 나름으로 실천할 일이다.

그대들이여 혹시 밤일이 시큰 둥 밋밋하기만 해서 사는 맛까지 시들해졌다면 우선 밤을 파는 사내를 한번 찾아 볼 일이다. 뒷감당은 내 알바 아니지만 고요한 밤이거나 거룩한 밤이거나 황홀한 밤을 직접 느껴보시라. 우선 구레나룻 덥수룩한 사내를 찾아 실행에 옮겨보면 맹한 몸의 감각이 살아날지 알랴, 불타는 밤은 아직 영업을 않으니 기대 말 것, 한 가지 명심할 일은 카드는 사절이니 나서기 전 현금 든 지갑은 반드시 챙겨야 한다.

보조개 사과

사과가 무슨 색? 하고 묻는다면 무슨 뚱딴지 말, 남들은 별 실없는 소리, 할 것이다. 당연히 붉으니까. 그러나 아오리 햇사과는 초록이다. 이것은 삼복에 수확하는 품종이다. 더위에 내 한 몸도 귀찮은 계절이 완숙기다. 뻗치는 열감과 땀방울이 얼룩지는 한 여름이 절정이다.

몇 년 전 겨울 초입, 나이 들어 일손 놓은 남편이 한번 실패한 귀촌의 꿈을 아쉬워하더니 사과밭이 매물이라는 말에 혹했다. 가을이면 탐스런 붉은 사과가 주렁주렁 열리는 그림 같은 풍경만 떠올렸는지 앞뒤 재지 않고 덜렁 매입했다. 그러나 나중에 알고 보니 우리 밭 사과나무는 살랑살랑 가을바람에 익어가는 붉은색이 아닌 초록색 여름사과나무였다.

초록사과농사를 짓게 된 이태동안 그 언저리를 맴돌고 맴돌며 인물 훤한 것들의 이력을 어느 정도 알게 되었다. 당당하게 이름표를 달고 소비자 손에 오기까지 어느 것 하나 허투루 적당히 가꾼 것 있을까만 사람 손이 얼마나 자주 가느냐에 따라 성패가 좌우된다. 물론 갖은 정성을 쏟아도 기후가 순조롭지 못하면 결딴이 나서 허사가 되기도 하지만 반듯한 농산물을 수확하기 까지 수없는 손길로 보살펴야 한다.

발아래 서걱서걱 언 땅이 풀리기도 전 서둘러 사과나무는 가지치

기가 시작된다. 이내 꽃눈이 맺히면 해충 방재가 우선이다. 뒤이어 봄바람이 살랑살랑 불면 갓난아기 손톱 같은 연분홍꽃봉오리가 맺힐 때부터 타고난 운명을 거역 못하고 사람의 손길에 무참히 꺾여야 한다. 다닥다닥 달린 꽃을 그대로 주면 화초사과처럼 되어 과일로는 실격이기 때문이다.

뒤이어 더욱 포근한 봄볕이 살살 쓰다듬어 아기 다루듯 예뻐 예뻐 하면 며칠사이 방긋 꽃봉오리가 열린다. 그러면 파운데이션 바른 여인처럼 꽃 색은 하얗게 변해서 랄랄라 꽃술을 열고 콧노래를 부르건만 매몰차게 다시 따버려야 한다. 남겨진 꽃들이 벌 나비 수정을 거치면 하루가 다르게 구슬 같은 동글동글한 열매가 자란다. 그 때쯤 다시 가지마다 한두 개만 남겨두고 솎아 주어야 한다. 그 일은 크기가 주먹만 할 때까지 계속된다. 구충도 때 맞춰 놓치지 말아야 하며 열매의 안배와 해충퇴치 작전은 전쟁이 된다. 시기를 놓치면 벌레 먹은 못난이 대열로 줄을 선다.

때를 놓치지 않으려 부지런 떨다가도 잠깐 한 눈 팔면 병충해는 기다렸다는 듯이 이때다 하며 점령군처럼 의기양양하다. 사과농사란 것이 수학의 미적분보다 더 어렵다. 오죽하면 밀려드는 일손에 허리를 펴지 못해 사과나무 아래 퍼질러 앉아 학생 때 이 일 절반만큼만 열심히 공부 했더라면 지금 쯤 한 자리가 아닌 두 자리도 차지했을 것만 같았다. 열매 솎음도 눈을 크게 뜨고 살펴도 놓치는 것이 있어 서로 몸이 닿으면 삐뚤게 자라고 쌍둥이로 붙게 되면 이미 주먹만큼 자랐건만 미련 없이 따 버리지 않으면 상품성이 제로가 된다. 그 뿐만이 아니라 병충해도 유별나서 큰 사과나무 원가지를 뚫고 파먹는 해충도 있어서 하얗게 톱밥을 쏟아내며 중동을 뚝 부러뜨리기도 한다. 일일이 열거도 못하는 해충들이 차례차례 줄지어 기회만 엿본다.

사과농사를 지어보지 않은 사람은 복숭아도 배도 아닌 사과도 봉지를 씌우나, 할 것이다. 아오리는 비껴가지만 다른 품종인 양광도 여러 그루도 있어서 그것은 따로 손품이 드는 것도 알게 되었다. 추석전후 출하되는 미얀마, 양광, 홍로 등은 조금 달달한 맛이 들면 휘파람새 뻐꾸기 산비둘기 까치와 직박구리 등 새라는 이름의 날짐승들이 콕콕 쪼며 맛이 들었나, 안 들었나, 단맛을 감정하는 검열관처럼 콕콕 쪼아댄다. 그러니 사과도 봉지를 반드시 씌워야 한다.

사과농사 전문가처럼 그물을 치고 장치를 만들어 탕탕 총소리를 내도록 하고 허공에서 날개를 퍼덕이는 험상궂은 독수리 허수아비를 달아도 시원찮을 텐데 우리 밭은 초보라 어떻게 손을 써야할지 감도 안 잡혀 그대로 두니 새들이 살판났는지 요것조것 입맛대로 맛을 본다. 또 검은 뿔이 자랑인 사슴벌레란 놈도 딱 붙어 뾰족한 주사바늘주둥이로 구멍을 뚫어 사과즙으로 성찬을 즐긴다. 그것도 몇 개만 맛을 보면 날짐승도 먹고 곤충도 먹고 남는 것만 먹지하며 짐짓 못 본 척 하련만 꼭 단맛 들고 잘생긴 것만 골라 요것조것 쪼아 흠집을 만들어 못쓰게 만든다.

희귀한 일도 당한다. 해충도 새도 고라니도 멧돼지도 냄새를 맡는 코가 예민한지 살충제를 치면 얼마간 싹 자취를 감추었다가 잠깐 시기를 놓치면 다시 휘리릭 오글오글 몰려들어 '야 맛나네.' 하며 쪼아 먹고 와자작 깨물어 먹는다. 그러면 사과는 흠집 난 못난이들끼리 모여 호호호 못생기면 어때, 하며 저들끼리 요리조리 이파리 뒤에 숨바꼭질 하며 까불어댄다.

그 뿐이라면 그래도 참을 수 있겠다. 실컷 파먹어라 하고 숨 막히는 더위도 한 몫 보태니 에라 모르겠다, 외면하면 이번에는 목을 빼고 펄쩍펄쩍 뛰는 고라니 가족들이 떼로 덤빈다. 아빈지 어민지 새끼와 사촌들까지 너 댓 마리 식구를 거느리고 입이 닿는 곳 이파리를 마구 입 닿는대로 먹어치우니 잎 성긴 열매는 성장을 못하고 나도 못난이라며 합류한다. 또 멧돼지는 어떤가, 밤이면 눈에 불을 켜고 앞다리로 척 걸쳐 나무를 기둥삼아 딛고 닿는 대로 와작와작 깨물어 먹으니 옆에 달린 것마저 상처가 생겨 또 못난이대열에 낀다.

그렇게 애간장을 태우면 가꾼 사과가 어찌어찌 높이 달린 몇 개씩은 제법 인물 훤한 것도 있어 몇 상자 따서 농산물 공판장으로 간다. 그곳은 입말로 사람도 숨넘어가면 저승사자가 잘잘못을 심판 하여 극락과 지옥 구천으로 지은 죄업 따라 갈 곳이 다르다더니 사과를 선별하는 저승사자가 기다린다.

손자국 날까 부딪칠까 노심초사 갓난아기 다루듯 고이고이 모셔 선을 보이면 스펀지를 깐 롤러장치 기계위로 하나하나 빙글빙글 360도 돌려가며 샅샅이 몸 검사를 당한다. 선별기 앞에는 세 사람 감별사가 조를 만들어 눈빛 맵게 샅샅이 훑는다. 크기에 따라 색깔에 따라 여섯 일곱 등급으로 나눈다. 크고 잘 생겨도 점 하나 있으면 한 단계 내려가고 색깔이 고르지 않아도, 크기가 작아도, 이파리에 가려 얼룩이 져도, 등외품 대열로 밀려난다. 그것들은 인건비는 그만두고 퇴비 값도 못 건진다.

선별 대에 오른 우리 밭 사과는 꼴찌대열, 등외품 바구니로 우르르 굴러 들어간다. 그 과정을 옆에서 지켜보다가 속이 상해 사과감별사 들으라고 "약을 못 쳐서" 해 봐도 씨알도 안 먹힌다. 사과농사만 이십 년 넘게 지었다는 새까만 얼굴의 눈 꼬리 주름살 가득한 남자노인이 딱한지 옆에서 한 마디 거든다. 해충구제를 놓친 과실은 상품이 안 된다고,

이태동안 가꾼 우리 밭 사과는 할인마트도 못갈 골목시장 난전감이다. 진열대는커녕 수북이 쌓아 놓고 구제품 헌옷가지처럼 홀대감이다. 나는 사과나무에는 가을이면 그냥 주렁주렁 달리는 줄 알았다. 전에는 난전에서 싼 값에 파는 못난이 사과를 보며 돈 주기 아깝다고 외면하던 꼬락서니들이 우리 밭 사과의 현주소다.

뒤늦게 벌레 먹고 못생기고 흠 있는 사과를 다시 본다. 잘난 것들은 잘난 것들대로 못난 것은 못난 것대로 원인이 있다. 못생긴 것, 비뚤어진 것 흉터가 생긴 것들은 새도 해충도 맛나다며 덤벼든 흠이니 쓱쓱 씻어 껍질 째 먹어도 되는 이력을 조금 알게 되었다고나 할까. 평생 먹기만 했지 사과가 어떤 과정으로 상품이 되는지 알지 못한 날들이 가고 볼품없고 벌레 먹은 것들이 저底 농약 훈장증이라는 것을 알게 되었다.

이를테면 깊은 산속이거나 사람 발자국 드문 들녘에 인위적인 손

길이라곤 없는 '돌'자가 붙는 나무들이 있다. 돌배, 돌감, 돌복숭아 돌사과 돌자두 등등 아무도 가꾸지 않아도 혼자 꽃 피고 열매 맺는 것 들, 그것들은 벌레 먹고 못 생기고 맛은 덜해도 귀한 약재가 되듯 말이다.

못난이사과를 보게 되면 외면하지 마시라. 못난 것은 못난 것대로 새와 곤충이 좋아라, 와글와글 몰려들어 잔치판 흥겨운 우리 밭 사과처럼 자연산 가까운 저 농약이다. 찍히고 반듯하지도 못하고 색상이 얼룩덜룩 더러는 쑥 들어간 자국이 있어 낱개로는 볼품없어 뭉텅 보조개 사과라는 이름으로 헐하게 내놓는 사과, 길 지나치다 행여 난전에서 보게 되면 외면 마시라. 저 농약이라 껍질째 와삭 깨물어 먹어도 된다. 보조개 사과라는 이름의 못생긴 것들은.

福타령

거실에 쏟아지는 밝은 햇살을 복덩어리라 하자. 엊저녁이 정월 대보름으로 바깥기온은 영하라 하건만 구부린 몸을 기지개 켜게 만드는 첫 봄의 햇살이 포근하다. 더구나 창가에는 일곱 개의 붉은 꽃봉오리를 부풀린 군자란이 필락 말락 앵돌아져 은근히 눈길을 잡아끈다.

가정이란 틀 이룬지 어연 오십년. '참 자주도 다녔지' 이번으로 손가락 꼽는 이사다. 헤아려본다. 한 집에서 십년 넘게 산 곳도 있건만 어지간히 이사를 했다. 학군도, 부동산 투기도 아닌, 변두리로 맴을 돈 결과다. 신혼 초 사글셋방 신세를 면하고자 다달이 월급에서 절반 넘게 뗄 그 시기는 무슨 일인지 여섯 달만 되면 방세를 올려 더 싼 곳을 일부러 찾아 옮긴 적도 있다. 생각해 보면 삼륜차 한 대도 반쯤 비는, 짐이라야 반쪽짜리 옷장과 책상이 전부로 시작한 살림살이다.

60년대 말 처음 사글셋방에서 시작하여 삼년 만기 적금 오만 원을 타서 얻은 전세방은 '서대문구 응암동'으로 단칸방에 부엌은 슬레이트로 급조해서 허름했지만 행복했다. 그 동네는 아름드리 느티나무가 그늘을 드리워 동네사람들의 쉼터가 되었는데 그래서 속칭 포수마을이었다. 처음 오만 원 전세방을 얻고 얼마나 대견했든가. 지금 나는 그 때처럼 일부러 풍선바람을 넣어 잔뜩 부풀려본다.

돌아보면 세월은 건듯 스쳐가는 갈바람 같다. 아등바등 사느라 헉헉거리던 젊은 날은 눈 깜짝할 사이에 흘러가고 어느새 인생의 내리막길로 접어들었다. 여기 새 아파트로 이사 오게 된 연유는 십년도 더 넘은 남편이름의 주택청약통장이 서랍구석에 잠자고 있었다. 그것은 1순위가 되고도 차고 넘쳤지만 절실하지도 않아 만약 운 좋게 분양이 된다 해도 매물로 내어놓을 생각이었다. 그런데 이렇게 억지 감사로 이사했다.

값을 맞추느라 이래저래 마음고생은 했지만 옮기고 보니 잘했다는 안도감도 든다. 새집에 놓인 가구는 주인을 닮아 허름한 토담집에나 어울릴 구닥다리로 세월의 흔적이 고스란하건만 사방이 트이고 저 만치 8차선 도로의 차량이 꼬리를 물고 오가는 것이 훤히 보이지만 방음이 완벽해서 문을 닫고 있으면 절간처럼 고즈넉하기까지 하다.

나이가 들면 대중교통, 그것도 무료인 전철 가까운 곳이 최고다. 바로 앞전에 살던 곳은 정남향에 10분 못 미치는 거리에 전철역이 있어 만족했다. 처음은 여섯 평이나 평수를 줄인지라 갑갑하고 답답해서 가재도구들을 버리며 불평도 했지만 얼마간 살아보니 딱 맞춤처럼 적응이 되어 살만했다.

그러다가 막상 분양을 받자 마음이 변해 그대로 살아야 할까, 새집으로 옮겨 앉아야 할까, 양손에 떡을 쥔 격이 되었다. 새집으로 들어갈 것인지 외출이 쉬운 집에서 그냥 살 것인지 하며 한번 부딪쳐보자며 양쪽을 동시에 매물로 내 놓았다. 먼저 거래되는 쪽을 팔자고, 그런데 정말 하루가 저물기 전에 살던 집을 사겠다며 아무 때나 이사를 해도 괜찮다는 조건까지 덤이 붙었다.

급하게 어떤 일을 처리할 때 번갯불에 콩을 굽는다는 말을 하지만 그야말로 후다닥 진행되었다. 만약 마음이 바뀌면 되돌려도 상관없다는 말을 보태며 매입자는 이왕 통장에 묵힐 돈이라며 정해진 계약금보다 듬뿍 입금했다. 분양받은 집은 당장 기본적인 관리비를 물어야 하는 처지였고 또 어느 날이건 이사할 수 있게 배려하겠다는 말이 웬 떡인가 했다. 그런데 며칠 후 알게 된 일이지만 우리 집 바로 위층은 훨씬 값을 후하게 매매한 것을 알게 되었다.

'돈 복도 없지' 8백도 아닌 8천을 더 받았다는데, 그것도 바로 위층으로, 우리보다 한주일 먼저 거래가 성사되었다는데 맹하게 시세도 몰랐던 일이 속상했다. 집을 매매하고 보니 무슨 난리인지 하루하루가 지날수록 억 단위를 훌쩍 넘어 고공행진을 했다. 약지 못한 제 처지는 알지 못하고 도리어 입 벙긋 않은 공인중개사만 서운하고 혼을 뺀 매입자도 여우처럼 약았다고 원망해 보았지만 이미 엎질러진 물이었다.

매매 후로 하루가 멀다않고 미쳐 날뛰는 부동산 가격은 하루만 지나면 기천씩 뛰었다. 정부 시책에 무슨 하자가 있는지 국토부장관이 매스컴에 한 반 나왔다 하면 오르고 또 오르고 난리 난리다. 여기는 서울 변두리지만 메뚜기도 한 철이 있는지 며칠 사이에 억 단위로 오르는 요상한 일이 일어난다. 매물을 내 놓으면 하루도 넘기지 않고 거래가 성사된다. 그러나 눈 어두워 맹하게 이미 기회는 놓친 일, 모래알갱이처럼 손가락사이로 이미 빠져나간 재물, 복도 지지리 없다며 뒤늦게 펄펄 열나고 마음을 앓았지만 한 번 약속한 일은 돌이킬 수 없는 일은 일사천리로 진행 되었다.

새로 이사한 아파트는 내실 베란다에 아래층으로 연결되는 쇠사다리가 손가락 끝으로 작동된다. 또 '완강기'라는 비상용구가 굵은 밧줄을 감고 베란다 한 쪽에 붙어있다. 빨래걸이 마저도 수동이 아니라 리모컨으로 조종한다. 옥외 베란다는 마당의 장독대처럼 간장 된장 소금 항아리를 놓았지만 지붕 없는 노천이다. 목적은 비상시 헬리콥터를 용이하게 이용한다는 곳이다.

처음 생각은 살던 집에 그대로 살며 좀 여유로움 갖자고 계획했다. 비상용 금고까지는 아니더라도 지갑에 밥을 두둑하게 먹이고 친구들에게 인심도 좀 쓰고 길표 커피가 아닌, 분위기 좋은 찻집에서 라테도 한 잔 나누며 얼굴 한번 펴 보자고 마음 정했다. 여유를 좀 갖자고, 그러나 남들보다 싼 값에 매매하여 손해?보고 새 아파트로 옮기자니 잔금이 빠듯해서 마누라보다 더 애착이 간다는 남편의 구렁이 알 같은 시골 사과밭도 급매물로 팔았다.

오복 다 갖춘 사람은 드물어 이제 오복을 다 갖추었구나, 하고 만족을 하면 명이 다해 땅속 집에 들어가더라는 옛날 옛적 할머니 말씀이 떠오른다. 어느 가난한 이가 평생 솜바지저고리 두 벌만 있으면, 소원했더니 어찌어찌 비단옷 두벌이 생겨 이만하면 족하다했더니 그만 중병이 들어 그 비단 옷 입어보지 못하고 세상을 떠나더라는 이야기다. 오복까지는 바라지 않았지만 주머니에 금빛 찬란한

카드 한 장으로 인심 한번 쓰는 일이 소망이더니 내 복에 무슨?

거실에 솜이불 깔아 놓은 듯 포근한 햇살이 가득하니 이것을 복이라 여기자. 멀리 오가는 차량들을 바라볼 수 있는 밝은 눈이 있으니 복이라 하자. 이만하면 등 따습고 배부르다. 다 늦게 무슨 복, 돈복 타령이라니.

사모관대

인물 훤한 사람을 보면 한 번 더 쳐다보게 된다. 가슴 설렐 시기도 이미 지났건만 이목구비가 반듯한 사람은 다시 쳐다보인다. 흐트러진 봄 날 필락 말락 한 꽃봉오리 같은 아가씨는 말할 것도 없지만 가을밭에서 금방 뽑아낸 푸른 이파리 싱싱한 김장 무 같은 청년도 그렇다.

빛바랜 한 장의 사진에는 인물 훤한 청년이 사모관대를 쓰고 혼례복을 입고 있다. 그 옆에 조신한 신부가 고개를 숙였고 연지곤지에 활옷을 입고 섰다. 이것은 돌아가신 어머님 혼례식 사진이다.

옛날에 사모관대아래 인물이 좋으면 상처喪妻를 한다는 말이 있었다. 그 말이 딱 들어맞을 만큼 아버님은 인물이 출충 하시다. 또 붉은 벼슬 장닭과 암탉도 청홍보자기에 싸여 혼례상에 올려져있고 주발 가득 쌀이 담겨있는 모양이 오래전 혼인풍속 단면도를 보게 된다.

'喪妻한다'는 말을 누가 만들었는지 알 수 없지만 신부인 시어머니는 혼인한지 십년도 못 되어 두 살 터울 아들 4형제를 두고 떠나셨다. 주위의 말을 빌리면 어린 것들은 사람들이 웅성웅성 초상집에 모여드니 무슨 잔칫날로 알았는지 모로 뛰며 좋아라, 했단다. 애통절통 외가 식구들이 어린 것들을 붙들고 혼절하며 울부짖어도 붉은 만장이 깃발처럼 보였든지 어깨를 들썩거려 상두꾼마저 눈물을 찍어내게 했다고 전해온다.

생과 사의 경계를 알지 못했던 철부지들도 백발성성한 나이가 되었다. 어머니 얼굴조차도 기억 못하지만 4형제는 각자 가정을 꾸렸고 호화롭지는 못해도 평범한 삶을 산다. 그 철부지 중 한사람이 남편이다.

조선시대 벼슬길에 오른 문무백관이 관복을 입을 때 갖추어 쓴 사모관대를 평민도 혼례 때 단 한번 입고 쓰게 한 일이 못마땅해 일부러 만들어낸 말일까? 인물이 좋아 보이면 덕담은 못해도 모진 말을 만든 것은 행여 상것들이 벼슬을 탐낼까 염려해서일까? 인륜지대사라 말하는 혼인날에 평민이 입는 것이 양반들 눈에 거슬려 일부러 지어 낸 말일까? 어릴 때 들었다는 그 말에 어머님을 닮아 인물이 훤하지도 않건만 남편은 무슨 일이 있어도 사모관대는 쓰지 않겠다고 결심을 했단다.

내 결혼사진을 본다. 1960년대는 전통혼례와 서양식이라는 신식 결혼식이 혼재하던 시기다. 신랑은 사모관대 대신 새 양복을 입었고 신부는 한복위에 활옷을 입고 족두리를 쓰는 대신 웨딩드레스를 입기 시작하던 때다. 지금 보니 촌티가 줄줄 흐르지만 그 때로서는 레이스 달린 하얀 드레스는 과히 파격적이었다. 제법 큰 도시인 군소재지에도 예식장이라곤 한 곳도 없을 때였으니 웨딩드레스는 혼기를 앞둔 처녀들의 꿈이 되기도 했다.

위로 두 분 형님은 아버님 결정 따라 전통혼례를 올렸건만 남편은 예식장을 고집했다. 어른들은 집을 두고 괜히 식장을 빌려 날돈을 들인다며 반대를 했다. 그러나 남편은 소도시에서 단 하나뿐인 예식장을 택했다. 그것은 순전히 사모관대를 안 쓰겠다는 고집으로 반대하는 아버님께 예식장비용은 부담마시고 자리에만 앉아 달라고 말씀드렸다. 월세 방 한 칸으로 신혼 방을 얻은 사람이 사모관대 아래 인물 좋다는 말이 듣기 싫어 그리했다니 피식 웃음이 나왔다. 인물 좋고 키가 훤칠한 아버님 근처에도 못 간 사람이다.

그 때는 신식 결혼이라고 말했던 예식장 결혼식을 올리려면 신사복을 입어야 했다. 장가를 들어야 간신히 새 양복 한 벌 얻어 입던 그 시절, 모처럼 양복점에서 줄자를 재서 맞춤으로 해 입는 호사를 누리는 일도 결혼이라는 관문을 거쳐야 얻어 입는 팍팍한 시절이었다. 친정아버지는 딸자식의 신식결혼식장에 입을 양복대신 풀 먹여 다림질면한 옥양목이 아니라 양복감으로 짓는 '기지 두루막'이라는 것을 처음으로 한 벌 해 입으셨다.

빛바랜 사진들을 정리하며 이제는 거의 사라져가는 전통혼례 모습도 유물이 되는 것을 보게 된다. 관복을 입고 사모관대를 쓴 신랑과 족두리를 쓴 신부 모습과 대나무 소나무가 목이 긴 댓 병에 꽂힌 것은 30년대다. 다음으로 긴 막대로 둥그런 화환을 만들어 세우고 예식장 이름을 보란 듯 써 붙인 것을 양쪽에 놓고 치마저고리 입은 가족들이 부동자세로 목을 빼고 서 있는 사진은 60년대 결혼사진이다. 다시 30년이 흘러 2천 년대 아들 결혼사진에는 예식장 가득 생화로 장식되어 있다.

부부로 한번 인연을 맺으면 백년해로가 신념이란 남편은 아마도 철부지 때 어머니를 잃은 것이 아물 수 없는 상처가 되었을 것이다. 사람 노릇이 따로 있는 것이 아니라고 말한다. 그러면서도 부부관계 설정은 조선시대 관습으로 수평이 아니라 수직적인 사고가 딱딱하게 굳어있지만 말이다.

백년해로하려면 무엇보다도 건강해야 한다. 생활습관이 건강을 좌우하겠지만 또 서로 배려하고 양보하지 않고는 늘 시끄럽게 된다. 그런 일이 어디 말처럼 쉬운가? 묵은 결혼사진들을 들추어보며 생각에 잠긴다. 사는 동안 구정물 일던 마음을 가라앉힌 적이 어디 한 두 번이었으며 송곳처럼 찌르고 싶었던 마음을 수도 없이 다스렸다. 어릴 적 잃은 어머니를 그리워하는 사람이라 울퉁불퉁 마음이 요동을 쳐도 슬쩍 져 주며 비켜가기도 수 없이 한다. 또 입에서 뱅뱅 도는 나쁜 말을 꾹 삼키고 코볼에 바람을 넣어 찡그린 표정을 푼 적도 여러 번이다.

한갓 미신에 지나치지 않을, 말 많은 사람들이 일부러 만들어 낸 지나가는 말인지도 모르는 한 마디를 평생 가슴에 안고 살아온 남편, 말도 말 나름으로 이미 소멸한지 오래이다. 지금은 아무도 쓰지 않는 그런 말도 사라지고 사모관대 예복도 일부러 전통혼례를 올려야 입을 수 있다. 한 시대의 풍속은 세월 속에 묻히기도 하고 소멸하기도 한다. 풍습도 말도 속담도 잠깐 떠도는 구름처럼 스쳐지나갈 뿐 영원한 것은 아무것도 없다.

위하여

동짓달, 마당가 이파리 떨어진 감나무가 바람에 잔가지를 흔들면 어머니 생신이다. 너른 시골집에 홀로 기거하는 어머니, 들어선 주방에도 온기가 없다. 생일날 찰밥과 미역국을 먹어야 덕德이 생긴다고 어릴 때 들었지만 생신상은 내일 아침으로 미룬다. 이틀 앞당긴 토요일 오후라 자식들은 스님처럼 육류음식을 입에 대지 않은 어머니를 위해 한 시간 거리인 마산 부둣가 횟집으로 간다.

열다섯이 움직이려니 승용차 넉 대로 안배를 맞추느라 큰 동생에게 누나 반대편에 앉으라고 말한다. 그런데 무슨 일? 차 주위를 빙빙 돌며 차문을 찾지 못한다. 20대 초반부터 40여 년간 자가용을 운전했던 동생, 조금씩 동생의 소식을 듣고 있었지만 막상 그 모습을 보니 기가 막힌다. 일 년 전만 해도 가정사의 크고 작은 일, 이를테면 봉제사와 어머니의 안위며 형제간의 크고 작은 길흉사 친족 간의 일 처리 등 번거롭고 복잡한 짐을 감당하던 칠남매의 장남이다. 그런데 승용차 문 위치마저 찾지 못하고 허둥댄다.

그래도 이런 날은 서로 감싸고 은근히 다가가 도와주면 된다. 그러나 만약 공용화장실 사용 할 일이 생겼을 때 무심코 혼자 들여보내면 소동이 일어난다. 들어설 때와 달리 나올 때는 방향을 잃어버려 문을 찾지 못한다. 그것뿐 아니다 숫자 개념도 없어졌다. 직장인 조선소에서 윗사람 역할로 30여 년 조직을 이끌던 사람이 소소한 물건을 사고는 거스름돈 셈하는 것도 잊었다.

이제는 모든 일을 망각 속에 묻는 동생은 중학교마저도 일 이류가 있던 60년대 라디오에서 합격자 발표를 하던 명문 중 고등을 거쳐 대학에서는 조선공학을 전공했다. 그 뒤 한 우물을 파며 아랫사람들에게도 사려 깊은 상사였다.

동생에게 7월 장맛비에 둑 터지듯 손 쓸 수 없는 불가항력이 닥친 것은 몇 년 전이다. 생떼 같은 자식의 죽음은 하늘과 땅이 맞붙어 천둥번개 벼락을 온 몸으로 받은 충격처럼 휘둘려 일상이 무너졌다. 아니라면 험한 준령을 넘다가 잘못 삐끗 천 길 낭떠러지로 굴러 떨어져 뇌의 회로가 뒤죽박죽 엉클어진 것인지 모른다.

하나 뿐인 서른 셋 창창한 외아들이 반듯한 직장에서 몇 년간 순조롭게 근무했지만 무슨 일인지 회식 후 술을 이기지 못했다. 그 신호는 암의 전초전을 알리는 신호였다. 판정 받은 지 여섯 달도 채우지 못하고 부모 곁을 떠났다. 동생은 아들을 떠나보내던 날 산자와 죽은 자의 마지막 의식으로 관 뚜껑을 덮을 때 관 속에 누운 자식을 부여안고 소리 없는 통곡으로 하얗게 석고상처럼 뻣뻣하게 굳어갔다. 그 순간 정신 줄을 놓았는지 땅에 발을 딛지 못하고 허공을 걷는 사람이 되었다.

저렇게 변한 남동생은 어린 나이에 일찍 유학?길에 올랐다. 그 때가 아홉 살 초등학교 3학년 때 부모 곁을 떠나 호롱불 켜던 산골마을에서 백리 길 머나먼 곳 전깃불 환한 도회지로 전학을 시켰다. 장남에게 기대가 컸던 부모님은 학업으로 뜻을 세우도록 바라셨다.

요즘으로 보면 외국으로 조기유학 보내듯 자식을 위하는 일이라며 핍박한 농촌에서 어려운 결심을 하셨다. 어린 아들이 눈에 밟혀 눈시울 적시면서도 훗날을 기약했다. 어린동생도 부모를 그리워했지만 고향집에 가고 싶다고 갈 수 있는 처지가 못 되었다. 버스비마저도 손을 오그려야 했던 그 시절, 제 앞가림도 못하는 누나 둘을 의지하고 큰 인물 될 길이라며 감행한 유학길이었다.

듬직하고 진중하게 잘 자란 동생은 좋은 직장에서 누나 셋 그 아래로 동생 셋의 장남의 위치에서 가족대소사를 무리 없이 처리했다. 부모형제간 챙길 일도 많고 직장일도 중책이라 몸과 마음이 힘들었든지 외아들 하나만 두고 삶의 설계도를 그렸다.

맨델 무작위분석법(Mendelian randomization)이란 학설이 있다. 교육수준이 1년 늘어나면 치매나 알츠하이머 위험률이 11%로 줄어든다고 말한다. 그것은 많이 배우고 똑똑한 사람은 비켜 갈 확률이 높고 저소득층 교육수준이 낮은 사람이 더 취약하다는 학설이다.

그러나 꼭 정석은 아닌 것 같다. 70학번인 동생, 그 당시 우리나라에서 3개 국립대학만이 조선공학과가 개설되어 있었다. 미래 산업의 원동력으로 갈채 받던 조선 산업, 동생은 공학도가 되었다. 졸업과 동시에 회사에서 모셔 가다시피 한 직장에서 30여년 근무, 그런 일을 되짚어보면 알츠하이머는 교육수준 운운도 소용없는 병이다.

대화에 끼지 못하고 덤덤히 듣기만하는 지금의 모습을 보면 누가 당당했던 이력을 상상이나 할까, 그저 어머니를 알아보고 누나와 동생 형제들을 기억하고 몸은 일상생활에 지장 없는 수준이다. 그래도 선천적 본성은 그대로여서 어진 성격은 여전하여 온화함을 잃지 않는 것이 다행이다.

알츠하이머, 치매, 노망, 귀를 막고 싶은 말, 나와는 아무런 상관없는 일이라 여겼다. 한 때 잘나고 똑똑하고 음전했던 내 동생, 미더웠던 동생은 사라진 기억 잃어버린 시간 속 미로를 헤맨다. 살아가는 동안 잘못한 일, 남의 손가락질 받은 일 않아도 삶의 행로는 누구도 예측 못하는 물음표를 들고 우리 곁을 빙빙 돌다가 탁 걸려드는 일도 생기는 것 같다. 기뻐하고 슬퍼하는 우리의 인생행로가 동생을 보면 한갓 봄꿈과 무엇이 다를까한다.

어머니를 모시고 7남매와 사위들 그리고 며느리들이 횟집에 들어선다. 풍채 좋고 인상 푸근한 주인이 얼굴을 활짝 펴며 공짜 비행기를 태운다. "참 다복해 보이네요." 모두들 출발할 때 잠깐 우울했던 마음을 털어내고 근심걱정 없는 듯 어머니 중심으로 자리를 잡는다.

미리 예약해둔지라 상차림이 풍성하다. 어머니의 맏사위 형부가 잔을 든다. 생신을 맞은 장모님이 아닌 큰처남을 지그시 바라보더니 "잃어버린 시간이 다시 복원되기 바라며. 우리 큰 처남을 위하여~." 위하여! 어머니는 안 들은 척, 무슨 말인지 모르는 척 무심한 얼굴이다. 가슴에서 목으로 뜨거운 그 무엇이 뭉클 솟구친다.

정서진正西津

여의도에서 시작되는 경인 아라뱃길 따라 인천 끝물까지 가면 정서진이 있다. 광화문에서 정 서쪽이다, 강릉에 가면 정동진이 있고 장흥에는 정남진이, 여기 인천에는 정서진이 있다.

연인들 아련한 추억의 장소로, 새해의 소망을 기원하는 해맞이 터로 명성이 자자한 정동진은 드라마 모래시계 배경의 백사장과 '고현정'소나무까지 유명세를 톡톡히 치루는 곳이다. 그러나 정서진은 이제 겨우 아기걸음마 수준으로 아직은 유명세와는 거리가 있어서 찾는 사람이 그리 많지 않은 곳이다.

자전거 트레킹 동호회 일원으로 멀리 낙동강 하구포며 목포까지 원정을 다녀 온 남편이 이곳저곳 풍경을 사진으로 담아와 그곳의 신바람을 말해도 흥미가 생기지 않았다. 그저 귓등으로 듣는 둥 마는 둥 반응이 시원치 않으니 가까운 곳부터 가보면 안다고 재촉하여 꽃샘바람이 옷깃을 여미게 만드는 날에 정서진을 찾는다.

사람들 입방아에 탈도 많은 4대강 치수산업, 전직 대통령의 야심찬 기획으로 만들어진 아라 뱃길따라 덤으로 만들어진 트레킹 코스, 누군가에게는 시비의 대상일지라도 자전거로 트레킹을 즐기는 사람들은 휘파람을 불며 오가는 길과 나란히 새로 만든 찻길 따라 속도를 낮추어 천천히 움직인다.

수많은 자전거 동호인들이 경쾌하게 씽씽 달리는 모습은 보는 사람도 덩달아 기분이 좋아진다. 곳곳의 쉼터를 지나치고 한참을 더 달려 둥그런 흰색 조형물표석이 보이는 곳, 행정명으로 인천 서구 경서동에 차를 세운다. 주차한 바로 앞에 보이는 건물이 배의 선미처럼 끌어올린 독특한 건축물이 아라 인천여객 터미널이다. 새로 단장을 한 듯 인천과 제주를 오가는 여객선과 두어 시간 코스의 유람선 썬크루즈를 이용하려는 사람들이 반드시 거쳐야 하는 터미널이다. 출항할 시간은 멀었는지 왁자하게 북적이지는 않지만 너른 광장 의자에 앉은 사람들이 TV를 보고 있다. 두어 시간의 관광코스인 크루즈 승선운행을 알아보았지만 시간이 맞지 않아 둘러만 본다.

옆 건물의 아라리움 홍보관으로 간다. 아이들을 데리고 온 가족들이 많다. 호기심 많은 아이들이 둘러 선 곳은 3D영상관이다. 개구리 잔치가 벌어진 무논처럼 와글거린다. 다른 곳은 실제로 갑문을 열고 닫는 체험을 할 수 있도록 만든 공간에는 가상의 물이 차오르니 물속에 빠져드는 듯 느낌이 온다. 그 옆으로는 선상체험을 할 수 있게 만들어 스스로 선장이 되어 배를 운항하는 부스에는 어른들이 줄을 서서 기웃거린다. 옆에서 지켜보니 키를 잡은 남자는 정말 선장이나 된 듯 손에 힘을 꽉 주고 얼굴 표정이 변화무쌍하다.

건물 밖으로 나와 정서진 조형물을 배경으로 사진을 한 컷 담으려고 매무새를 잡으려니 봄꽃이 나풀댄다. 봄꽃 속에 대리석 시비詩碑가 주인처럼 턱 버티고 섰다. 정동진에 가면 '밤을 다하여 우리가 태백을 넘어온 까닭이 무엇인가'로 시작하는 시비가 맞듯 여기 정서진에도 '벗이여 지지 않고 어찌 해가 떠오를 수 있겠는가' 정호승

시인의 시비가 쌍둥이처럼 닮았다.

서해 바람이 차다. 그 뒤로 저만치 그 날의 아픔을 잊지 말자는 듯 물위에 뜬 선상체험 함상공원이 사람들을 부른다. 수 십 명 젊은이의 목숨을 앗아간 천안 함 사고 때 수색활동에 직접 참가했다는 배가 이제는 공원으로 거듭나 묵묵히 사람들을 부른다. 함상공원에 서니 여행지에서 본 하와이 진주만이 떠오른다. 모두가 마음을 풀어놓은 조용한 휴일 일본의 가미가제특공대들이 기습적으로 불바다로 만든 곳, 그곳에 가면 가라앉은 배를 복구해 수많은 여행객들에게 그 날의 참상과 전쟁의 아픔을 돌아보게 만들어진 곳이다. 이곳 정서진 함상공원도 천안함의 비극을 영원히 잊지 말자는 취지로 일부러 만든 공원 같다.

전망대로 향한다. 사람들이 늘어 선 줄 끝에 선다. 승강기 숫자를 보니 24층이다. 지상에서 76m 전망대로 아라 뱃길 랜드 마크 역할로 일몰의 장관을 강력하게 추천하는 장소다. 승강기는 초고속으로 숨 한 번 쉬니 꼭대기다. 24층은 연인들을 위해 마련한 운치 있는 카페가 자리 잡았고 그 아래쪽이 전망대다. 남산타워처럼 원형으로 사방을 한 바퀴 돌아가며 관망할 수 있도록 만들어졌다.

역시, 사람들 마음은 비슷해서인지 서해 쪽으로만 빼곡하게 몰려 있다. 그런데 나는 무슨 일인지 갑자기 어질어질 어지럼증이 돈다. 잠깐 숨을 고른다. 한 때 아파트 지붕위도 펄펄 날아다니던 때가 있었건만…… 십 몇 년간 15층에 꼭대기 층에 살 때였다. 장마 때 천장에 얼룩이 생기는 하자가 발생했다. 처음은 애만 태우다가 나중에 네발짐승처럼 엉금엉금 기어가 감독역할도 했건만 고소공포증이 생긴 것일까?

서해의 장관, 개펄이 한 눈에 들어온다. 어느 화가가 신기에 가까운 절묘한 붓으로 그린 듯 그 결이 예술이다. 사진작가라면 저토록 환상적인 순간을 절대 놓치지 않아 샷을 마구 터트렸을 것이며 시인이라면 가슴에 시심의 불 밝혀 한 수의 감동적인 시를 남기지 않을 수 없었으리라. 저 만큼 가시거리의 인천국제공항 거대한 건물도 꼭 동화책 속의 그림 같다. 대형바람개비도 아래쪽에서 볼 때와 달리 풍경이 낭만을 부른다. 녹색의 친환경을 홍보하는 글귀도 선명하게 보이고 천천히 빙글빙글 돌아가는 모양이 한껏 운치를 보탠다. 반대편으로 돌아가니 국내최대규모라는 말이 무색하게 높은 곳에서 관망하니 아라 폭포는 장난감 모형 같다.

한 해의 끝자락에 이곳에 서면 해넘이가 한 눈에 보일 장소다. 곧 많은 사람들의 사랑을 받을 것 같다. 서해의 일몰을 보며 한 해를 마무리 할 장소로 그만이다. 정동진이 새해의 명소라면 한 해의 일몰은 여기 정서진이다. 왔다가는 표적으로 내일의 맹세를 새길 수 있는 앙징스런 종 모양도 매달 수 있다. 땡땡 종을 닮은 광장도 연인들 옷깃을 끌어당겨 무심하게 지나칠 수 없겠다.

서해 쪽에서 역으로 거슬러 한강하류 행주대교를 거쳐 집으로 돌아오는 저녁나절 꽃샘바람 부는 초봄이 저물고 있다, 뱃길 따라 8개의 테마공원인 수향8경을 뒤로하니 가슴가득 서해의 칼칼한 맑은 기운이 한껏 부풀어 마음마저 풍성한 하루다.

지게꾼

봄날 장다리꽃에 앉은 노랑나비 날개 짓처럼 추억이 팔랑거린다. 석간신문 오피니언 지면에는 한주마다 한 컷의 옛날 사진이 먼 기억 속으로 이끈다. '그때 그 시절'의 이름으로 풍경사진과 인물사진들이다. 한 여름 황소 등을 다투던 소나기가 쨍, 한 줄기 햇살에 금방 시치미 떼 듯 유행의 물결 따라 한 시대를 풍미했건만 이제는 상상도 아득한 옛날 사진들이다. 통행금지시각이 가까워지자 허둥대는 사람들 모습도 보이고 흰 칼라가 단정한 여학생, 또 한쪽 바짓가랑이에 두 다리가 들어가고도 남을 것 같은 나팔바지로 잔뜩 멋을 낸 처녀들 사진도 보인다.

그 중 사춘기시절인 1960년대 전후의 사진이 내 눈을 화등잔으로 만든다. 딱 보는 순간 두 가지 일이 동시에 떠오르게 만드는 '문산 역 지게꾼' 사진이다. 역 광장에 두 사람이 지게등받이를 깔고 앉아 기약 없이 손님을 기다리고 있다. 자전거나 리어카도 보기 힘들던 시절 삯짐을 날라 생계를 유지하던 그 당시의 시름겨운 가장의 모습이 또 다른 생각과 맞물려 애틋함으로 비쳐진다.

지게는 무거운 물건의 이동수단으로 도시에서는 짐꾼과 연결되지만 시골사람이라면 헛간에 두 귀를 세우고 엎드린 모양새부터 떠오를 것이다. 그러나 들일 나가는 농부의 어깨에 걸쳐지는 순간 상일꾼 역할을 맡던 지게다. 그 시절 이야기 한 토막이다. 가정 형편이 어려운 남자아이는 초등학교를 졸업하면 꼬마지게로 땔감을 해 날라야 하는 처지도 있었다.

훗날 인연으로 엮인 사람이야기다. 열 살도 안 된 두어 살 터울 4형제를 남기고 눈을 감지 못한 채 어머니는 세상을 떠났다. 철부지 4형제는 앞가림은커녕 생사도 분간 못하는 코흘리개였다. 초상을 치기위해 사람들이 모여드니 붉은 만장이 깃발인줄 알고 좋아라, 까불었단다.

새어머니가 들어오시자 엄마가 다시 살아오셨다는 어른들 말씀에 얼굴이 달라지는 줄 알았다고 했다. 세월은 흘러 여덟 살 되어 책보따리를 둘러메고 초등학교에 입학했다. 그 중 만형은 4대봉제사를 모셔야 할 위치라며 중학교를 보내고 그 아래로 셋은 졸업과 동시에 공부는 끝났다. 둘째는 착해서 어른말씀을 고분고분 잘 따랐지만 셋째는 작은형 따라 몇 번 나무하려 가기는 했지만 볼 따귀에 바람을 잔뜩 넣고 만만한 지게를 발로 차고 작대기로 때리며 불만을 터트렸다. 나도 학교 보내달라고 …

친구들은 교복을 입고 학교에 가는데 나무해오라 시키니 지게를 내동댕이치기를 몇 번, 시키는 일을 고분고분 하지 않으니 나중에는 밥도 먹지 말라는 불호령이 떨어졌다. 그래서 어린 것이 기껏 생각해 낸 일이 백리길 부산으로 시집 간 고모를 찾아 가기로 마음먹었다.

소년은 지게를 역에 버렸다. 차 삯이 있을 리 없으니 사람들 틈에 끼여 기차를 탔다. 무작정 부산이라는 도시에 가기만 하면 고모가 반겨줄 것만 같았다. 막막한 두려움에 문득 글짓기숙제가 생각났다. 돌아가신 엄마를 생각하며 쓴 5학년 때 글이다. 우리 엄마는 어디로 갔느냐고 쓴 숙제, 어둑해져서야 기차는 굽이굽이 돌아 부산역에 도착했다.

사람들 틈에 끼였지만 시골역과 다르게 번쩍거리는 역을 빠져 나올 수 없었다. 부산 역은 허술한 고향마을 시골역과는 딴판이었다. 출구에는 정복을 입은 역무원이 차표를 받고 있으니 남루한 소년은 남들 눈에 확 띌 것은 당연했다. 출구가 아닌 이쪽저쪽 조금 허술한 곳이 있을까 기웃거렸다. 마침 철길 한 쪽으로 쇠막대기를 듬성듬성 꽂아놓은 개구멍이 보였다. 거기로 빠져나오려니 다리와 팔은 어찌어찌 나왔는데 머리가 딱 걸려 빠지지 않았다. 안간힘을 쓰는데 호루라기를 불며 역무원이 다가왔다.

'이놈, 뭐 하는 놈이냐' 너무도 급해 머리를 억지로 빼내려니 그만 귀가 찢어졌다. 그 바람에 야단은 맞았지만 사무실로 잡혀 들어가 흰 가루약도 바르고 붕대도 감아 주었다. '왜 여기 왔어' 눈을 부라리며 물어 고모 집에 왔다고 벌벌 떨며 말했다. 여기서는 시골처럼 만만하게 고모 집을 찾을 수 없다, 그러니 집으로 가는 기차를 태워 주마고 했다.

그렇게 억지감사로 울며불며 부산에 발을 디딘 소년은 역무원의 선처로 범일동 왜간장공장에 허드레 일을 하게 되었다. 공장 구석에 새우잠을 자며 잔심부름을 하다가 사장님 자가용인 짐자전거 타는 일을 배워 키만큼 큰 자전거로 간장배달 일을 하게 되었다.

공장에서 일하며 사장님의 배려로 야간중학교에 갈 수 있었다. 中자모표가 붙은 모자와 비록 구제품이었지만 교복을 입을 수 있었다. 낮에는 시키는 일을 하고 밤에는 공부를 할 수 있었다. 졸린 눈을 비비며 그렇게 가고 싶던 중학교를 가게 되었다. 3년 후 다시 서울 행 기차를 탔다. 서울에서 제일 방 값이 싸다고 귀동냥으로 주워들은 미아리 산비탈 판잣집 한 칸으로 거처를 옮겼다.

고학생 시절, 도둑질 말고는 닥치는 대로 일을 해서 高자 모표가 당당한 모자를 쓸 수 있었다. 첫 새벽의 신문배달은 콩나물국밥이 되었고 담임의 추천으로 학교 사환노릇은 날개를 단 격이었다. 지게를 지지 않겠다고 집을 떠나온 꼬마는 서울바닥에서 꿈을 키우는 청년으로 자리 잡게 되었다.

또 다른 소녀 이야기다. 산골오지 가난한 농촌을 떠나 부모님의 남다른 교육열로 부산이라는 도시로 유학을 했다. 아래로 남동생 셋과 여동생 둘을 둔 소녀는 바로 아래동생 둘과 자치 방에서 학교를 다녔다. 부모님 목적은 학업보다 동생 둘의 보호자역할로 정하셨을 것이다.

한 달에 한번 부모님의 지게질로 가꾸고 기른 나락은 고향의 방앗간에서 갓 찧은 쌀자루가 되어 버스에 실어 주셨다. 열일곱 살 여고생은 식량도 조달하는 역할도 했다. 손톱이 닳도록 못자리에서 추수까지 수없는 지게질로 부모님이 장만한 쌀이었다. 굽이굽이 울퉁불퉁 꼬부랑길을 달려 구포다리를 건너면 부산 초입 가야에는 범

표 고무신공장의 검은 굴뚝이 눈인사를 하고 산비탈에는 코딱지처럼 다닥다닥 붙은 판잣집이 보였다. 거기가 전깃불을 켜고 수돗물을 먹는 부산이었다. '부산서면 굴다리'앞 정류장에 도착하면 '아저씨 내리예' 그 한 마디 말에 팔뚝이 객사 기둥 같은 남자차장이 손으로 시외버스를 탁탁 때려 쌀자루를 내려주고 오랏이, 하며 떠났다. 그곳에는 이제나 저제나 짐 손님을 기다리던 지게꾼아저씨가 얼른 받았다.

자치 방까지는 걸어서 10여분 거리, 지게에 쌀자루를 얹고 반듯한 큰 길을 두고 한 걸음이라도 줄이려 좁다란 골목길로 어찌나 빨리 걷든지 헐레벌떡 뒤따르던 여학생이 있었다. 오원만 더 달라는 지게꾼 아저씨와 어린 여학생의 흥정 후 힘이 들어 끙끙대던 지게꾼 뒤를 따르던 소녀가 뒷날 고향 역에 꼬마 지게를 버린 소년과 인연이 닿을 것을 어찌 상상이나 했을까?

그 옛날 지게가 없으면 꿈쩍도 못할 것 같은 무거운 짐도 이제는 지게 없이도 거뜬해진 세상이다. 지게로는 어림없을 물건, 부피가 산더미 같은 것도 져다 나르는 일없이 기계작동으로 간단하게 옮기는 세상이 되었다. 요즘에는 꿈에도 상상이 안 되는 일이다. 지금은 아마도 민속박물관에 한자리를 차지하여 고단한 한 시절을 반추하고 있을 것이다.

무거운 짐을 운반하려면 지게꾼의 도움을 받아야 했던 그 시절. 사람들은 순박하고 어진마음으로 살던 때다. 여학생이 부려도 군말 없이 자치 방까지 쌀을 져다주던 지게꾼의 고단한 삶을 지금 한 장의 사진으로 다시 보게 된다.

'문산 역 앞 지게꾼' 사진 한 장이 오랫동안 잊고 있었던 일들이 장다리 밭 노랑나비 날개 짓이 되어 아련하게 팔랑거린다. 젊은 날의 고생은 사서도 한다고 했지만 그 때 그 시절 일들이 아득하다. 아픔의 한 조각도 세월이란 프리즘을 통과하면 무지개처럼 영롱한 설렘이 되는 것을, 사진 한 장을 보는 소녀도 어느새 백발이 되었고 덧없는 세월은 쉼 없이 흐르고 흘러가고 있다.

청구서

훈장도 표창도 없지만 남십자성을 바라보며 한치 앞을 가늠할 수 없었던 그 때를 잊지 못한다. 지금은 사회주의국가가 된 베트남, 한 때는 남과 북으로 자유국가와 공산국가로 두 동강 났을 때 낼 모레 팔순인 남편은 청룡부대 1진으로 파병 되었다. 한 달 여 항해 끝에 콩 튀듯 포탄이 떨어지는 전투에 투입되었다. 명령에 죽고 사는 군의 위계질서에 들끓는 해충과 시야를 가리던 정글속의 비참했던 기억은 지운다. 그리고 1년 후 돌아오는 함정에는 함께 떠났던 소속부대 전우들 몇은 이미 불귀의 객이 되었다. 전쟁터에서는 누구 없이 예측 불허로 생사는 신의 영역이었다.

1965년, 파월 되어 제대도 한 달 늦게 했다. 지금 백발이 성성한 시점에 국가에 섭섭함을 토로한다. 그 당시 우리나라는 겨우 수출 1억불 시대였다. 파월장병 목숨담보로 받는 전쟁수당 중 나라에서 떼어 쓴 돈이 10만 불이라 들었다. 이제는 잘사는 나라, 파월장병들 목숨 값, 나라가 쓴 전쟁수당을 돌려받아야 한단다.

너나없이 헐벗고 굶주렸던 60년대, 사람들은 누렇게 부황이 들던 시대로 보릿고개란 말을 당연시 했던 그 때, 못 먹고 못 살던 시절, 굶주림에 허리가 한 주먹도 못 되었지만 나라의 부름에 목숨을 걸고 전쟁터에서 벌어들인 달러가 조국 근대화 밑거름으로 쓰였다. 그 달러가 종자돈이 되었으니 참전한 장병 개개인에게 이자는 못 붙여도 원금만은 돌려주어야 하는 일이 지금 국가를 경영하는 분들이 할 일이 아닐까.

베트남 전쟁에서 정글을 누비던 장병 2만여 명이 고엽제 후유증으로 온전치 못한 몸이 되었다. 그 뿐이랴, 한 줌의 재로 산화한 5천여 명도 있다. 죽은 자는 국립묘지에 안장되었지만 목숨을 부지하여 살아남은 자들은 빈곤층으로 내려앉고 있는 현실이다. 혹자는 베트남 입장에서 보면 가해자라고 폄하하며 입도 벙긋 말라는 말도 한다. 베트남 참전은 명예로운 일이 아니라 수치라는 비아냥거림도 있다. 그러나 나라의 부름에 죽음을 불사하며 전쟁터에 한 몸 바친 역군들이다 그렇게 전쟁수당은 조국근대화 밑거름으로 쓴 것은 나라를 다스리는 저 높은 분들 뿐만 아니라 알 만한 사람은 다 아는 사실이다.

설령 일부 몰지각한 사람들이 명분 없는 전쟁이라 떠들어도 파병 당시 이역만리 타국 베트남에 자유와 평화를 수호하라는 명령에 복종했다. 6.25때 유엔연합군 16개국이 우리나라 자유민주주의평화를 지키기 위해 기꺼이 전쟁의 참화 속으로 뛰어들 듯 대한의 아들이란 이름으로 그처럼 베트남전투에 몸을 던진 것이다.

어느덧 50년도 더 지난 시점, 죽음도 두렵지 않은 혈기왕성한 군인정신으로 무장했던 그들은 이제 그 참혹한 기억마저 희미해지는 노인이 되었다. 고엽제전우들은 의료비 지원과 생활비를 어느 정도 나라가 책임지고 있다. 그러나 하늘이 도와 성한 몸으로 돌아온 참전병사들은 홀대를 당한다고 생각한다. 가상의 공간에서 더러 조롱도 보게 된다. 이유는? 왜 전 정부에는 말 못하고 이 정부에 요구하느냐고.

모든 국가는 연속성으로 역사를 이어간다. 전 정부가 잘못한 일은 새 정부가 바로 잡기도 한다. 역사적 시련도 다시 평가를 하는 일도 생기고 선이라 여겼던 일들이 더러 뒤바뀌기도 한다. 뭇 사람들이 그릇되었다 손가락질 당하던 일이 당당하게 바로서는 일도 생긴다. 그러니 파월장병의 목숨 값을 떼어 고속도로를 건설하고 제철산업을 일으켜 수출의 물꼬가 트여 부강한 나라로 초석을 다지는 계기가 되었으니 이제는 목숨을 담보한 전쟁수당을 돌려달라는 말이다.

6.25때 우리는 원조를 받았지만 이제는 뒤바뀌어 타국의 아픔에 베풀 만큼 밥술이나 먹고 살만한 나라가 되었다. 파월장병 전쟁수당으로 나라의 초석으로 사용했으니 이제 돌려달라는 말이다. 국가가 차용증서 써 주지도 않았고 전쟁터에서 목숨 부지하기에 급급하여 왜 내 목숨 값을 떼어 썼느냐고 따진 적 없지만 이제 백일하에 들어났으니 국가가 나서서 늙고 병든 파월장병들의 목숨 값을 지불하라는 말이다.

세계 10대 강국이 되어 국민소득 3천불 시대의 나라가 대한민국이다. 월남참전 무렵의 군기는 칼날처럼 서슬 푸러 명령에 죽고 살던 그 때와는 많이 달라졌다. 어패가 될지 몰라도 신세대에 맞게 군기도 조금 헐거워졌고 국방 의무로 입대하면 이등병도 월급을 주고 병장 월급도 인상 되었다고 듣는다. 그런데 들끓는 해충과 포탄이 빗발치는 사지에서 살아 돌아온 파월장병 생존자들에게 아이들 용돈도 안 되는 금액으로 생색을 낸다. 그것도 따져 말하면 복지차원이 아니다. 엄연히 나라가 먼저 쓴 전쟁수당 중 일부다.

유신체제 군사 정부 과도기를 거쳐 온 지난날에 직접 가해자 역할의 정부 때는 꿀 먹은 벙어리가 되다가 이제 왜? 라고 묻지 말라. 그때는 밥도 간 곳 없는 가난한 나라살림이었고 지금은 복지국가로 성큼 내딛고 있지 않은가. 입에 발린 말로만 예우 말고 빚을 갚으라는 말이다. 한꺼번에 어려우면 분할해서라도 돌려 달라.

낼 모레 청산으로 옮겨 앉을 파월장병들 이제 남은 생도 손가락을 헨다. 늙은 몸으로 여럿이 모여 머리띠를 두르고 주먹 들어 외쳐야 통하는 시대인가. 타인의 이목을 끌어야 거들떠볼까? 훈장도 표창도 없는 이름 없는 사병들이 입 다문 함성으로 국가에 감히 청구서를 제출한다.

"파월장병 전쟁수당을 돌려 달라!"

제5부

청년, 그 아름다운 선의

알라신

둥그스름한 등만 보인다. 각양각색의 '차도르'를 입고 기도에 몰두하고 있는 모습이다. 이슬람력 9월은 '라마단'의식으로 '알라신'을 경배하며 금식과 금욕의 기간이라며 소개한 사진이다. 우리 집 사진첩에 꽂힌 중동의 풍물과 배경이 닮았다.

70년대 말, 이슬람 국가에 근무한 남편이 갖고 온 그림엽서다. 몇 년간 환경과 기후가 확연하게 다른 나라에서 돌아오던 날 이색적인 소식들과 함께 덤으로 온 것들이다. 여러 가지 풍물과 인상 깊었던 일은 종교 '알라신'을 경배하는 이슬람교도들 이야기였다. 그곳에서는 금기시 하는 음식들도 있다. 우리나라에서 즐겨먹는 돼지고기는 식품으로서의 가치가 없으며 가물치나 메기 등, 비늘이 없는 물고기도 안 먹는다고 했다.

그들이 경배하는 '알라신'에 대한 절대적인 믿음은 거의 모든 일상생활을 지배해서 그 나라에서 근무하는 이국인마저도 율법에 따라야 될 만큼 이슬람 영향력은 대단했다는 것이다.

남편이 '라히마'라는 도시에 근무 할 때 일이라고 한다. 그곳에서 멀지 않는 '카티브'라는 작은 마을을 구경삼아 가게 되었다. 거기는 사막의 유토피아, 오아시스가 있는 곳으로 새로운 풍물에 호기심이 생겨 직장동료 네 사람이 의기투합해서 가게 되었다. 차를 몰고 모래언덕을 가로질러 귀동냥으로 들었던 풍물을 보겠다고 들떠있었다. 얼마를 달리자 사막 가운데 푸른 야자수 나무가 무성하고 대추 열매가 주렁주렁 달려 있는 곳이 가시거리에 들어왔다. 어렴풋하게 물동이를 머리에 이고 가는 검은 '차도르'의 여인들도 보였다. 겉으로는 오아시스를 핑계댔지만 실상은 어여쁜 아랍 처녀들을 먼발치에라도 훔쳐보겠다는 속마음이었다.

그 때 그들의 위대한 신은 이국 남자들의 시커먼 마음을 알았는지 순식간에 모래폭풍으로 혼쭐을 내더라는 것이다. 갑자기 가던 길을 흔적 없이 말끔히 지워 버렸다. 차창을 때리는 모래폭풍은 생지옥을 방불케 하여 요까짓 승용차 쯤이야, 하고 번쩍 들어 올려 부숴버릴 듯 휘돌아 쳤다. 젊음 객기로 나선 길, 상상치 못한 이변으로 사신과 직면했다.

그런 일 앞에 눈앞이 깜깜 절박해서 신을 부르게 되는지 함께 일하며 보게 된 현지인처럼 한치 앞을 가늠 못하는 차안에서 무릎이 꿇고는 입에서는 저절로 '알라신이여!'살려주소서 하고 외쳤다. 그러자 다시 한차례 가공할 위력의 모래용트림으로 무섭게 휘몰아치더니 무슨 꿈속을 헤맨 것처럼 사라진 도로가 훤히 트였다.

그 이후로 알게 된 사실이지만 사막을 가로질러 도시와 도시사이를 횡단할 때 모래폭풍을 만나면 당황하지 말고 가던 길을 멈추고 모래폭풍이 가라앉을 때까지 잠시 기다려야 한다는 것이다. 시간이 일정하지 않아도 얼마간의 회오리바람 이후에 다시 본래의 길이 보인다는 것이다.

애환 깃든 아랍국가 근무를 마치고 돌아 온 뒤에 그곳의 관습과 풍물들은 한동안 우리 집의 화제가 되었다. 아랍 3개국을 맨발로 뛴 남편이 귀국 한 뒤 일 년 쯤 지났을까, 현지에서 알게 된 아랍친구가 사업차 우리나라에 왔다. 그는 일을 모두 끝내고 비행기에 오르기 전, 너 댓 시간의 여유가 생겨 남편과 통화를 시도했고 예정 없이 우리 집을 들리게 되었다.

육중한 체구의 그는 평소에 상상했던 차도르 차림이 아니라 말쑥한 신사복차림이었다. 미국에서 공부했다는 대 부호의 아들답게 건장하고 호기로운 모습이었다. 부랴부랴 찻상을 내고 보니 때맞춰 식사 시간쯤이었다. 어찌할까, 밥과 국을 차려낼까, 남편은 햄버거가 좋겠다며 얼른 가게에 다녀오라는 것이다. 그리고 꼭 쇠고기햄버거라야 한다는 것이다. 그 때만 해도 햄버거는 귀해서 집 가까운 곳 두어군데 가게를 둘러 일부러 속에 든 고기를 확인하니 돈육이라는 것이다. 굳이 쇠고기이어야 한다는 내 말에 왜냐고 물어 아랍인이라 그런다고 했더니 햄버거주인은 빙긋 웃으며 이름은 쇠고기 햄버거라 붙이지만 거의 절반쯤 혼합해서 만든다며 헛고생 말라는 것이다.

상을 차렸다. 햄버거와 주스, 두 사람은 무엇이 그리도 유쾌한지 목소리가 왁자하다. 아랍어와 영어가 동시다발로 뒤죽박죽이다. 햄버거는 관심도 없이 장롱 문을 열어놓고 차곡차곡한 쟁여진 이불에다 카메라를 들이대고 베란다에 놓인 항아리와, 신발장의 내 코고무신까지 셔터를 눌러댄다. 햄버거가 내 마음에 걸렸는데 식사는 이미 해결했다며 입가심으로 주스만 마신다.

라마단 기간의 사진을 보며 그 날의 기억이 새롭다. '머스와크'라는 나무뿌리로 허기를 달래며 기도에 열중한다는 기사가 특히 인상적이다. 식생활과 문화가 다른 곳에서 남편은 무탈하게 근무를 마친 사람이다. 농담처럼 알라신의 가호로 몇 년 간 이슬람 국가에서 무사했다는 말에 수긍도 긍정도 못하지만 알라신은 위대한 선지자임에는 틀림없는 것 같다. 그들의 기도드리는 모습을 보면.

청년, 그 아름다운 선의

오후에 이스탄불까지 혼자 가는 길이다. 처음 함께 갈 일행들은 아침 일찍 모두 출발했고 나만 외톨이로 남아 시골 닭 꼬락서니 신세가 되었다.

REPUBLIC OF KOREA, 표지도 빳빳한 여권이 만기가 되어 얼마 전 새 여권으로 교체했다. 그런데 오늘의 실수는 미국 비자가 남은 구여권과 나란히 챙겨두었는데 얼떨결에 바꿔 들고 온 것을 상상도 못하다가 짐 가방을 부치려다 알게 되었다. 공항에 미리 도착하여 한 시간 여 여유도 있었건만 느긋이 태평으로 두 손 놓고 몰랐다가 발등에 불이 떨어져서야 알게 되었다. 차분하지 못한 성격, 덜렁거리는 일이 주 특기 그대로 저지른 실수다. 그것도 7박 9일 깃발아래 움직이는 단체 여행비에 버금가는 편도 비행기 값을 날돈으로 추가하고 부랴부랴 왕복 두 시간이 더 걸리는 집까지 급하게 다녀와서 다시 수속을 밟아 탑승한 여객기가 터키항공이다.

귀도 열리지 않은 외국어 눈 어두운 실력으로, 그것도 옆 좌석은 말 한마디 못 붙일 터키인이다. 12시간여 긴장의 끈을 탱탱하게 조이니 몸도 마음도 막대기처럼 딱딱하게 굳어갔다. 기내식 두 번을 먹고 중간에 티타임을 거치고 온 몸이 뒤틀릴 즈음 이스탄불공항에 도착했다.

아는 얼굴 하나 없는 곳, 낯 선 로비에서 기다리고 있을 남편을 생각하며 급하게 출국장을 빠져 나왔다. 딱 나오고 보니 아차, 덜렁이 성격 그대로 가방을 찾지 않고 빈 몸으로 덜렁 나오고 말았다. 이미 출국장을 벗어났으니 금방 나온 길로 다시 들어갈 수 없었다. 어느 문을 통해야 가방을 찾을 수 있을지, 누군가에게 도움을 받아야 할 텐데 소통이 아득하다. 말이 자유롭지 못하니 이리저리 구원자를 찾으려 눈으로 더듬었다.

아~ 드디어 한국인이 보인다. 반가워 도움을 청하려고 짐 가방~ 하니 쏼라쏼라 중국인이다. 외모는 비슷하건만 아니다. 다시 두리번거리는데 참한 여성이 보인다. 저기 짐 가방 찾는 방법을~ 하니, 하이 이번에는 끝말이 나긋나긋한 일본인이다. 어째 한국 사람이 이리 귀할까? 맥이 빠져 다시 인포메이션으로 다가가 백 빽 소리만 하고는 온 몸으로 불판위의 오징어처럼 연기를 하건만 멀건이 쳐다보더니 오 노~ 를 연발한다.

어쩌지, 인파들이 밀려오고 밀려드는 이스탄불 공항 로비에서 입안이 바싹 바른다. 허둥지둥 로비를 이쪽저쪽 돌아보며 한국인을 찾는 내 시야에 저 만치 대학생으로 보이는 남자 셋이 보인다. 폰 삼매경에 빠져있던 그들 중 한 학생이 우왕좌왕 엉클어진 내 두서없는 말을 듣더니 엉킨 매듭을 풀 듯 앞장서서 차근차근 되짚어 길을 열기 시작했다.

출국장을 나올 때는 일사천리로 나왔건만 되돌아 짐을 찾으러 가는 길은 험준한 산길처럼 진땀 빼게 절차가 까다로웠다. 외국어도 거침없는 남자학생은 30분 후에 그리스로 가는 항공기를 갈아타야

하는 짧은 시간에 어려운 길목마다 유창한 외국어로 혼신을 다해 길을 열어 주었다. 혼이 반쯤 빠진 후줄근한 이른 넘은 할머니를 앞세우고 미로 같은 길을 뚫어 짐 칸 문 하나를 남겨두고 탑승시간이 촉박하여 헐레벌떡 뛰어갔다. 아마도 겨우 그리스 행 여객기에 탑승했을 것이다.

급하게 이름을 물었다. K j s 낯선 공항에서 도와 준 고마운 그 학생은 내 어림짐작으로 대학신입생으로 보여 입학을 앞두고 견문을 넓히려 여행을 감행한 것처럼 보였다. 우왕좌왕 내 발등의 불을 끄느라 경황없이 헤어졌지만 그 잠깐의 행동을 보아 분명히 반듯한 청년으로 저 한 몫을 단단히 해 나갈 훌륭한 인물이 되었을 것이다.

동그스름한 얼굴 튼튼한 체격 거침없는 영어로 혼이 나가 추레하고 후줄근한 할머니를 못 들은 척, 못 본 척 외면해도 기억조차 남지도 아닐 일이건만 촉박한 시간에 기꺼이 나서서 도와 준 그 새내기대학생을 어찌 잊을 수 있을까, 터키 여행 후 집으로 돌아와 통화를 시도했더니 수험생이라는 동생분과 몇 마디 주고받으며 사는 곳이 인천이라는 것을 알게 되었다. 그 후 다시 내 고마운 마음의 표시를 전하고자 했더니 당연한 일이라며 손 사례를 친 듬직한 대학생이다. 그 후 내 폰에 잊지 못할 이름으로 새겨놓았다. 벌써 몇 년이 흘렀으니 이제는 듬직한 사회인이 되었을 그 청년.

나 숨 붙어있는 동안 영원히 지울 수 없는 그, 마음으로 축원을 보낸다. 어느 분야이건 반드시 성공했을 청년이다. 고맙고 또 고마웠던 그 순간을 어찌 잊을까, 아름다운 청년 그는 이제 반듯하고 훌륭한 사회인으로 앞길이 환하게 열려 내딛는 발걸음마다 탄탄대로가 펼쳐지기를 기원하며 내 마음 안에 영원히 지워지지 않을 사람, 잊지 않으려 내 폰에 '아름다운청년' 으로 입력 된 고마운 K j s.

'청년, 그 아름다운 선의'를 영원토록 저장하여 내 마음 안에 사랑으로 가둔다.

청풍명월

땅콩카라멜, 오렌지생강캔디, 레몬씨캔디, 자유시간, 새콤달콤캔디 이름도 다양한 과자들이 쏟아져 나온다. 새벽 5시 출발, 국내관광버스로 단양 제천 관광코스를 다녀온 뒤 가방에 남은 과자종류다.

새댁 때 처음 내 집을 장만했던 입주동기, 40년 지기 열사람의 일탈 후일담이다. 열 네 시간 하루치 나들이를 성사시키기 까지 총무역할의 친구가 입 아프게 추진했던 결과물로 나부터 두 달 전 계획하고 추진한 나들이에 떠나기 사흘 전 간신히 합류하겠다고 전했다. 신길역에서 한 팀, 서부역에서 그리고 잠실에서 시차를 두고 함께 움직이게 되었다. 낯 선 세 팀이 함께 합류하여 단 하루일정에 관광버스 한대로 네 팀이 묶이어 제천으로 차머리를 돌린다. 통성명도 없이 끼리끼리 자리를 잡고 달리는 버스 안에서 여행사에서 마련한 쫀득쫀득한 찰밥과 네 가지 찬으로 아침식사를 때운다.

80년대 쯤 일까, 관광버스를 타면 선무당처럼 야단법석 음주가무가 유행이 되어 버스가 기우뚱 흔들리던 현상은 사라졌다. 이제는 모두가 조용히 착석하여 차창으로 스치는 풍경을 바라보며 가이드와 해설사가 함께 동승하는 시대로 성숙해졌다.

의림지, 거의 두어 시간 달려 도착한 곳, 재천의 8경 중 첫째로 꼽힌단다. 5월의 끝자락인 오늘 신록은 연두색에서 조금 더 짙어지기는 했지만 서슬 푸르게 앙다문 진초록은 아니어서 눈이 가볍다. 미세

먼지 한 점 없는 화창한 늦봄이 쾌청하다.

우리나라에서 오래 된 저수지로는 재천 의림지 김제 벽골제와 밀양 수산제를 꼽는다. 비교적 원형 그대로 잘 보존 되었다는 의림지는 저수지 가운데 떠 있는 꼬마 섬이 운치를 더 한다. 이곳 의림지의 5월 창포는 보라가 아닌 노랑이 즐비하다. 숲 그늘이 드리워진 의림지 둘레길 따라 천천히 걷는다. 둘레길 양쪽으로 2~3백년쯤 된다는 팻말을 이름표처럼 붙인 소나무들이 일련번호를 부여 받고 굽은 등으로 이 고장 사람들 마냥 느긋하게 객을 반긴다. 자그마치 180여 그루다. 아름이 넘는 둥치로 알싸한 솔 향을 내뿜어 혼탁해진 가슴을 말갛게 헹궈준다. 희귀하게 소나무도 연리목이 되어 시선을 끈다. 사람들의 눈길 머무는 길목에 점잖은 품새와 달리 청춘남녀처럼 대명천지 훤한 낮에 한 몸으로 껴안고 얼굴도 붉히지 않는다.

스치는 말에도 가이드는 친절하다. 저수지 물이 적어 보인다며 혼잣말로 했건만 올봄 강수량이 적어 생긴 현상이라며 말을 보탠다. 의림지 둘레는 눈간데 없이 다듬어 놓았다. 이제는 농업용수 가치는 거의 사라지고 유유자적 객의 옷소매를 부여잡는 관광코스로 탈바꿈했다.

두 번째 방문지는 재래시장이다. 기대를 가졌던 5일장이 아니라 상설시장이다. 정감이 깃든 시골할머니들의 보따리 난전을 기대했건만 아니다. 그것도 찾은 시간이 오전중이라 찬바람이 쌩 돈다. 제천지방 난전은 뭐가 다를까 기대를 했건만 헛꿈이 되었다. 산으로 둘러싸인 제천은 약초가 유명세를 탄다지만 선뜻 지갑을 열게 하지 못한다. 내 눈에는 상인들이 외지사람들을 반기기는커녕 소 닭 보듯 한다. 갖은 상술로 지갑을 열게 만들지 못하고 충청도 양반동네 티를 내듯 오건가건 무심하다.

조금 이르다 싶은 점심은 한식 뷔페다. 접시를 들고 줄 서서 보니 여기도 도시와 똑같다. 외국여행이라면 그 나라 음식문화를 느끼는 장소가 되기도 하게지만 기대를 접는다. 안동이라면 헛제사 밥이 떠오르고 춘천을 생각하면 닭갈비가 생각나지만 여기 제천은 금방 떠올릴 수 있는 특색 있는 음식은 모르겠다.

오늘의 주 목적지 청풍호수로 간다. 5개 면 61개 마을이 수몰되었다는 청풍호수, 마을사람들의 애환과 풍습 농부의 피땀이 밴 전답 전해 오던 지역의 유래 등, 갖가지 사연들을 물속에 가둔 호수는 맑고 푸르다. 바다로 착각할 만큼 수평성이 아득하다 청풍사람들은 청풍호라 부르지만 행정명은 충주호라 한다 하나의 호수가 두개의 이름을 얻었다. 여기는 우리나라에서 유일하게 강과 바다가 없는 도道지만 청풍호수는 넓고 수량이 풍부해 딸 없는 집에 아들이 딸 역할 하듯, 호수가 강 역할을 톡톡히 하는 것 같다. 물결은 미동 없이 늦은 봄볕을 담뿍 안고 수정처럼 반짝인다.

얼마 전 매스컴에서 헝가리 부다페스트 다뉴브 강 여행객의 가슴 아픈 참상을 전하는 일이 아직도 진행형 시점이라 승선하는 사람들을 면밀하게 체크 한다. 명단을 꼼꼼하게 기록하고 비상시 구명조끼 착용 법을 주지시킨다. 우리가 탄 유람선은 3층 규모로 바쁠 것 없다는 듯 천천히 물살을 가른다. 이곳의 물이 흘러 서울시의 상수원이 된다고 말한다. 유람선은 잔물결을 일으키며 관광객을 태우고 주변 산들의 호위를 받으며 한 시간 넘도록 천천히 여유를 부린다.

호수주변의 산세가 수려하다. 띄엄띄엄 포인트를 준 것처럼 새로 지은 듯 보이는 콘도도 그림이다. 강도 바다도 아닌 호수라 굽이치는 물결도 철썩이는 파도 없어도, 흰 모래 백사장 없어도, 동글동글 물살에 닳은 몽돌 없어도 5월의 산바람이 뛰어내려와 옷깃을 흔든다. 나는 몸이 조금 자유롭지 못해 2층 선실 안에만 머물건만 마음만은 깃발처럼 두 팔 들어 펄럭인다.

한 시간 넘도록 호수를 돌아 선착장에 내려 여러 개 계단을 천천히 오르니 늦봄 햇살이 주사바늘처럼 따끔따끔하다. 다음 코스는 제천의 새 명소로 이름을 등재했다는 케이블카를 타러 간다. 외국여행에 맛이 든 사람은 국내에 무슨 볼거리가 있을까 싶겠지만 제천에 와보니 오밀조밀 풍광도 멋지고 바람결도 달보레하다. 내 나라는 혀가 꼬이는 외국말에 귀 쫑긋거리지 않아도 되고 장시간 여객기에 몸을 구겨 넣지 않아도 되고 며칠간 시차에 어리벙벙하지 않아도 된다. 우리 것은 시시해 보이고 선진국 문물은 대단하게 여겨지는 주눅도 여기서는 안 통한다.

운행 시작한지 일 년도 안 됐다는 케이블카는 충청도양반 이 지방 여유로움을 대변하는지 느릿느릿 거북이다. 일곱 여덟이 탈 수 있는 자그마한 케이블카, 나이 들거나 몸이 자유롭지 못한 사람에게는 딱 맞춤일 듯싶다. 느릿느릿 천천히 흔들림 없으니 짜릿함과 스피드는 거리가 멀지만 참으로 한가롭다. 양반처럼 팔자걸음 흉내는 못하지만 천천히 산세를 보고 저 멀리 흐르는 구름도 보고 숲과 숲 사이 마을을 헤아리며 세월아 네월아 느긋하다.

충주 제천 담양을 아우르는 청풍호, 그리고 케이블카를 타고 바라본 제천, 문득 청풍명월清風明月이란 말이 어울릴 것 같다. 부드럽고 맑은 바람이 불며 팔월한가위 밝은 달처럼 환한 땅이라는 말. 소동파蘇東坡는 적벽 강 붉게 물드는 광경을 청풍명월이라 읊었지만 내가 본 제천의 풍광 중에 청풍호 운치도 달빛 흘러내리는 밤이라면 아마도 청풍명월이라는 말이 절로 나올 것 같다. 볼을 스치던 바람결은 나를 따라와 아직도 감미롭다. 제천에서 보낸 하루가 구름솜사탕 입에 문 듯 달달하다. 무릉도원을 거닌 꿈길 같은 하루를 접으며 남은 오렌지 생강캔디 하나를 입 안에 넣는다.

※ 2021년 10월에 청풍호에 222미터 출렁다리가 옥순봉 정상까지 개통 되었다고 전해 듣다.

호주 여행기

출발과 시드니

2000년 끝자락 저무는 12월, 인천공항 제2터미널, 개장 된 지 얼마 되지 않아서인지 한결 여유롭다. 오후 3시, 태극마크 선명한 대한항공기에 탑승했다. 호주 시드니를 향해서.

10시간 여 후 사람인물로 비교하면 핸섬한 인천공항보다는 후줄근한, 조금은 느긋한 중년아저씨쯤으로 느껴지는 시드니공항에 내려섰다. 열흘간 옷장용도로 쓸 가방에서 곧 바로 두꺼운 패딩을 벗고 봄옷으로 갈아입는다. 이번 여행은 하나투어 패키지관광으로 9박 10일간 함께 움직일 일행이 19명이다. 여기는 여름이라 서머타임으로 시차가 한 시간이다.

절정의 여름 꽃 배롱나무 닮은 우람한 나무에 보라색 꽃이 환한 '자카란다'는 여기가 호주임을 알게 한다. 인원점검 후 가이드가 지정한 버스를 이용해서 국립공원인 '블루마운틴'으로 향한다. 호주의 그랜드케년으로 불린다는 광활한 원시림이다. 케이블카를 타고 수직으로 내려가 다시 되짚어 오며 협곡의 절묘한 형상을 느긋이 감상한다. 산 이름 앞에 불루 라는 말이 일부러 붙은 이유는 여기 코알라의 먹잇감인 유칼립투스나무가 햇빛을 받아 산 전체가 푸른색을 띄어 붙여진 수식어란다.

곧바로 울울창창한 원시림 산책로를 걷는다. 한 때 석탄을 채굴했다는 곳인데 저 멀리 하와이 원시림과 비슷함을 느낀다. 그것은 고사리가 고목이 되어 짙게 그늘을 드리우고 있기 때문이다. 석탄, 하고 생각을 하면 푸르스름한 불꽃의 연탄불을 떠올리는 나, 신혼시절 아버님이 오셨을 때 갈치에 소금 간 하는 것을 모르고 날로 굽다가 석쇠에 달라붙어 온통 숯검댕이로 만들었던 기억이 떠오른다. 또 강원도 일대 지하 깊숙한 곳 막장에서 석탄을 채굴한다는 말을 듣기는 했지만 그 막장이란 곳이 얼마나 위험하며 고된 일을 하는 곳인지 알지 못한다. 그런데 이곳의 모든 지하자원은 발목에서 허리정도 위치에 매장되어 있다니 채굴이 수월할 것 같다.

어느 때 문학회 동인들과 함께 갔던 맑은 기운 감돌던 월정사 계곡 닮은 청청한 숲길을 걸은 뒤 점심을 먹으러 간다. 집에서라면 별러서 가는 주 메뉴가 고급스테이크다. 식사 후 '피더데일' 야생동물원이 코스다. 호주여행을 간다면 잠꾸러기 코알라와 캥거루 보러 가느냐고 우스개를 하듯 하루 18여 시간 잠만 잔다는 코알라와 사촌지간이라는, 캥거루보다는 몸집이 작은 왈라비가 반긴다. 왈라비도 배주머니에 새끼를 보듬고 있다. 또 나무 둥치마다 하얀 앵무새가 자리를 차지하고 있다.

160여 민족이 사는 다민족국가가 호주다. 호주는 영연방국으로 우리나라 70배가 넘는 땅덩어리에 GNP가 6만7천불이라 말한다. 우리교민도 시드니에 15만 멜버런에 5만 정도가 거주한단다. 또 이 나라는 화산과 지진 쓰나미 등 재해가 아예 없고 공장이 없는 나라로 자연만이 큰 자원이 된다. 광활한 땅에 놓아기르는 소와 양이 있고 25센티 이하의 물고기는 잡지 않는다고 일러준다. 거기다 직업에는 귀하고 천하다는 개념 자체가 아예 없단다. 우리나라처럼 3D 업종 같은 구분이 없고 의료비와 교육, 석박사과정도 전부 무료라고 한다. 문득 내가 반백만 되어도 눈 딱 감고 몇 년 막일이라도 하여 말이 트이면 학업에 도전해 볼 만 하겠다.

숨 가쁘게 시드니 타워로 간다. 우리나라 남산타워와 닮았다. 1981년에 완공되었고 동시에 960명을 수용 할 수 있다는 안내판을 본다. 빙그르르 한 바퀴 둘러보니 시드니 시가지가 한 눈에 들어온다. 함께 움직이는 젊은 팀들은 둥근 테이블에 여유롭게 앉아 커피를 마시며 나이 든 우리 부부를 남편에게는 어르신, 내게는 할머니라 부르며 옆에 앉기를 권한다. 주스 한 잔 드시라며. 누가 젊은이들이 예의가 없다고 말하는가, 손 사례로 사양을 한다. 팀원 중 가장 연장자가 우리부부다. 마스코트 같은 초등학교 2학년부터 수능을 마친 딸을 데리고 온 모녀지간도 있고 4인 가족, 부부 등이다. 꽃도 막 필락말락 꽃봉오리가 사람들의 눈길을 사로잡듯 얼굴도 팽팽할 때 남 보기도 좋다. 여행은 가슴이 떨릴 때 다닐 것이지 다리가 떨릴 때는 이미 때가 아니라고 누군가가 말했다. 꼭 나들어라 하는 말 같다.

동부지역으로

다음 날 호텔에서 조식을 마치고 부촌이라는 '본다이'비치를 향해 버스로 이동한다. 지리적으로 전망 좋은 곳 그 중에서도 자가용이 아니라 바다와 연결되어 요트로 드나들 수 있는 집을 최고로 알아

주는 곳, 부산 해운대를 떠올리게 된다. 아득히 펼쳐진 바다와 섬들이 조화를 이룬 곳으로 집값이 천정부지라는 별장이 숲처럼 밀집한 곳이다.

나지막한 산길을 오르며 가장 비싼 집이라며 가이드가 소개를 한다. 우리 돈으로 800억 원에 매매된다는 집, 그 집과 마주보이는 길 건너에는 부산 태종대 자살바위처럼 바위가 절경이다. 가장 풍경이 근사하다는 곳, 그 아름다움에 취해 바다로 뛰어내리려는 사람을 보게 되면 달려가 일으켜 세운다는 그 집이 가장 비싼 집이란다. 보통으로 생각하면 스트레스 쌓일 위치가 가장 값비싼 집이라니, 절박한 사람을 구하고 설득하는 일을 스스로 귀하게 여긴단다. 그것뿐 아니다. 조금 비키기는 했지만 공동묘지가 빤히 보이는 곳도 전망 좋은 곳으로 여긴다니 가치의척도가 다른 것 같다.

파도가 밀려오고 쓸려 나가는 백사장이 아름다운 '갭파크'로 간다. 영화 빠삐옹'에서 주인공이 절벽 아래로 뛰어내리는 장면을 촬영했다는 곳이다. 아찔한 낭떠러지, 지금은 펜스로 막아 놓았다. 멀리 바다를 쓰다듬고 온 바람결이 부드럽다. 여기는 보통 한 여름에도 25~6도 기온을 유지한다는데 오늘은 이상 기온으로 섭씨 36도라 하건만 눅눅함과 땀방울이 흐르지 않으니 덥다는 느낌 자체가 아예 없다. 우리나라에서 36도라면?

오늘은 여행 중에 은근슬쩍 끼어 놓는 쇼핑시간이다. 호주의 자랑 천연 영양보조제품을 파는 면세점을 한 시간 가량 둘러본 뒤 자리를 옮겨 선상 뷔페식이 기다리는 곳으로 간다. 여행지에서는 그 나라 음식 맛도 여행의 연장선상이 된다. 호주의 현지 식은 쇠고기가 주재료다. 오늘은 특별히 3대 미항 중 한 곳인 시드니 항에서 유람선에 올라 유유히 물살을 가르며 식사를 즐기는 코스인데 이름 붙여 '매지스틱 런치 크루즈'라는 호화로운 메뉴다. 자랑 늘어진 오페라 하우스도 보이고 이 나라 부의 상징이라는 요트가 즐비하다. 한 시간 소요로 식사와 음료를 들며 세계에서 4번째로 긴 아치형 다리, 호주 건국 2백주년을 맞아 밤이 되면 녹색조명을 설치했다는 "시드니 하버 브리지'도 사진에 담으며 포만감에 배를 두드린다.

입구의 분수대가 저 먼저 여행객을 맞는 하얀 오페라하우스로 유치원 아이들처럼 줄을 맞춰 입장한다. 세계에서 가장 아름다운 건축물이라는 수식어로 2690개 좌석이 있으며 800여명 상주 직원이 근무한다는 이름 더 높은 오페라하우스다. 조용조용 발걸음도 행동도 음성까지 낮추며 나선형계단을 통해 실내로 들어간다. 밖에서 볼 때는 외관이 조개껍데기 같기도 하고 요트모형처럼 보이기도 하더니 실내는 동굴처럼 미로처럼 굴곡진 계단이다. 콘서트홀과 오페라극장 드라마극장, 연극관 등 4개의 공연장을 흘깃흘깃 스쳐가며 눈요기만 한다. 그 코스를 거쳐 오페라극장 2층에 잠깐 관객이 되어 무대에서 발레 연습하는 무희를 숨죽여 바라본다. 아마도 관광객을 위한 배려차원인 것 같다. 이름 뜨르르한 오페라 하우스, 책에서, 사진에서 본 전경을 실제로 체감하며 오페라하우스를 배경으로 사진을 남긴다.

멜버른

시드니에서 한 시간 여 차를 타고 공항으로 간다. 다시 여객기를 타고 시간 반 걸려 도착한 도시가 멜버른이다. 시드니에서 남자는 서열 네 번째인 애완견 보다 아래라며 작은아들 같던 무뚝뚝한 가이드 대신 이곳에서는 발랄함이 넘치는 아가씨다. 2박3일간 우리 팀을 맡아 학비를 벌게 생겼다며 애교 넘치게 아르바이트생임을 자랑한다.

공항미팅 후 버스에 오르자 각 주마다 법이 다름을 알려준다. 한 나라건만 시드니에서 한 시간이던 시차가 여기서는 두 시간이다. 멜버른 주의 특징은 백년 지난 건물은 불편해도 집 주인이 철거를 못한단다. 그래서 같은 디자인의 건물은 단 하나도 없다고 한다. 그 말을 듣고 차로 이동하는 동안 눈여겨보니 도시전체가 개성이 뚜렷하다. 아파트가 획일적인 우리와 다르게 들쑥날쑥 바라보는 재미가 생긴다. 멜버른 첫 여행지는 백년 전통의 증기기관차를 타러가는 코스다.

년 중 크리스마스 단 하루만 쉬고 여행객을 맞는다는 '퍼핑빌리'라는 곳이다. 기관차를 기다리는 동안 역사에 꽂힌 팜플릿을 보게 되었는데 영어와 일어 중국어 그리고 우리한글도 나란하다. 우리나라 여행객이 그 만큼 많다는 증거인가? 총 25k를 달리며 자원봉사자들 힘으로 운영된다는 기관차로 우리 팀과 비슷한 시간에 당도한 중국인과 인도인 여행객이 함께 움직인다. 증기기관차는 하얀 연기를 내뿜으며 느릿느릿 소걸음처럼 굼뜨게 숲속으로 나아간다. 칙칙

폭폭 추억속의 증기를 내뿜는 소리는 들리지 않지만 석탄으로 움직인다고 듣는다. 1950년대 말 초등학교 6학년 때 내 고향 산골 진영역에서 천리 길 서울로 수학여행을 갈 때 타본 완행열차처럼 느리다. 간혹 숲속에는 숨바꼭질하듯 가옥이 보이기는 하지만 거의가 들꽃들과 나무들만 손닿을 듯 스치고 살랑살랑 바람결만 달달하다.

다음으로 멜버른 시내 관광이다. 친한 친구들에게 줄 작은 소품 같은 선물을 사려 기웃거려보건만 모든 공산품을 수입에 의존한다는 이곳의 물가는 입을 떠억 벌어지게 만든다. 볼 펜 한 자루가 우리돈으로 셈하면 7천원이 넘는다. 아예 눈으로만 본다. 이곳은 인건비가 너무 높아 가게는 오후 세시면 문을 닫고 거의가 다섯 시면 모든 상점이 철시한다. 계절은 우리와 정 반대라 저녁 여덟시가 되어도 대낮 같건만 물 한 병 살 곳이 없다.

시내관광은 창문 없는 트램으로 이동한다. 60년대 내가 고등학생 때 부산에서 운행되던 전차 같다. 그러나 다른 점이라면 요금 없이 무료로 누구나 이용이 가능하다. 트램이 도착하면 사람들은 우르르 타고 어디든 이동 할 수 있다. 환경을 생각해서 자가용이용을 말라는 취지라는데 한 발 건너 우람한 나무들과 초록잔디가 즐비한 공원이 있다. 휴일에는 마음 가는 곳에 내려 여유로움을 부려도 되겠다.

참 유별난 곳이 시내 한 가운데 있다. 매일매일 누구나 마음대로 낙서? 할 수 있는 곳이다. 번잡한 멜버른 시내 한 쪽, 한 블록 들어간 골목이다. 우리가 찾아간 시간이 오후라 이미 빽빽한 그림들이 그려져 있고 화구를 챙기는 자유 분망한 젊은이들 서너 팀만 보인다.

단 하루만 전시되는 그림판, 짐작으로 거의 3층 높이의 벽면이 화선지 역할을 한다. 다음날이면 싹 지워지고 새로운 그림들이 채워진다는 화폭, 단 하루만 볼 수 있고 단 하루만 마음껏 전시되는 아티스트들의 허락 된 공간, 예술적 감각이 무디어서인지 눈 어두운 내 눈에는 정신이 다 몽롱하다. 이름 붙여 '미사골목'. 만화 같기도 하고 낙서 같기도 한 그림 앞에 서서 여기 다녀가노라 며 기념으로 찰칵 찰칵 너도나도 샷을 누른다.

서울의 한강 같은 멜버른의 '아라'강은 강폭도 우리 한강보다는 훨씬 좁아 보인다, 도시를 관통하며 흐르지만 운치도 그저 그래서 그저 평범하다. 아라강 다리를 건너 19세기 건축물이라는 '세인트 폴' 대 성당을 배경으로 눈도장을 찍고 코린트 식 기둥이 여러 개 보이는 의사당을 지나 호주대륙을 발견했다는 '쿡'선장의 오두막집으로 걸음을 옮긴다.

여기는 화장실 인심이 박한 것 같다. 그것도 환경을 위해서라는 단서가 붙긴 했지만 넓디넓은 공원을 들어가며 눈으로 찾아도 아예 없다. 화장실조차도 오염의 원천이라 여긴다는 이 나라의 잣대가 맞은 것인가? 하기는 여기서는 내 집에 심은 나무도 함부로 베지 못하고 반드시 허가를 받아야 한다니. 우리라면 별 것도 다 간섭한다며 불평할 것만 같다.

버스를 타고 이동할 때 보니 도로는 막힘없이 물결 흐르듯 매끄럽다. 앞지르기도 경적소리도 전혀 볼 수도 들을 수도 없다. 신호등이 직진으로 바뀌어도 보행자 걸음이 어물거려도 절대로 경적 울리는 일 없다. 철저하게 사람이 우선이다. 차창을 통해 오가는 차들을 유심히 보니 형제처럼 반가운 현대차가 가끔 보이기는 하지만 열에 아홉은 일본차다. 여기는 공장이 아예 없는 나라라니 어떻게든 우리차를 거리에 넘쳐나게 했으면 좋겠다. 왜냐, 호주에서 사용되는 동전은 우리나라에서 만들어 온다고 하니, 결코 일본차에 뒤지지 않는 성능 좋은 우리차를 저 거리거리에 넘쳐나도록 말이다.

그레이트 오션로드

한 시절 포경산업으로 이름을 날렸다는 곳, 부산 앞바다 오륙도처럼 파도가 밀려들고 밀려나가면 다섯으로 보이다가 여섯도 되는 그런 곳이 아니다. 해풍에 두드려 맞은 열두 개 바위가 이제는 일곱 개만 남았다는 12사도 상을 보러 간다. 처음 원주민들은 꿀꿀이라 불렀다는데 이름 잘 지어 출세 길 열린 바위다. 그리스도와 아무런 연관이 없지만 꿀꿀이란 이름에서 12사도 상으로 개명을 잘 해 관광객을 끌어들이는 곳, 바라보는 해안선이 흰 모래 순한 파도로 손짓한다. 깨끗하다 청청하다 푸르다 맑다 갖은 수식어가 결코 헛말이 아닌 해안선이다.

다른 곳 '로크아드 고지' 라는 곳도 간다. 문외한은 그저 비슷한 바닷길로 보이건만 긴 설명을 듣고 다른 눈으로 보니 암석이 가팔라 난파선 해안이라는 또 다른 이름처럼 위태롭게 보이기는 한다. 아주 오래전 영국의 '로크아드' 호가 침몰해 많은 사상자를 낸 후 바위섬이 고지라는 이름을 얻었다는 곳이다.

차로 이동하며 바라보는 '아폴로베이'는 배 한 척 없이 고요하다. 일부러 진입을 금하는 바다란다. 잔잔한 물결 위로 이 나라 사람들의 서핑을 위한 공간이라니 천혜의 해안선 따라 끝없이 펼쳐진 풍광이 볼만하다. 국토가 광활하니 푸른 바다와 넓은 초원, 초원에는 셀 수 없는 양떼들과 검은 소들이 한가롭게 풀을 뜯는 광경이 그림처럼 펼쳐진다.

자연공원에 도착했다. '커넷리버헐리데이 파크' 초입에서 흰 앵무새는 조련사가 일부러 시킨 것처럼 냉큼 사람 머리위에 또 어깨에 올라앉는다. 그들 앵무새 환영을 받은 몇 사람 중 남편의 어깨에도 올라앉아 배설물로 인사를 한다. 기분이 언짢아져서 저리 가라며 몸을 이리저리 흔들어도 시치미 떼고 그대로 앉아있다. 함께 간 사람들이 카메라를 들이댄다. 남편은 졸지에 모델역할을 맡는다.

근처 숲에는 야생 코알라가 엎어져 자고 있다. 가까이 올려다보니 눈 뜬 코알라 보기 어렵다는 말 들리더니 그렇다. 문득 우리나라 산에 바글바글한 고라니와 멧돼지도 어떻게든 발상을 전환해서 관광상품으로 내 놓을 수 없을까? 저돌적인 멧돼지가 밤이면 눈에 푸른 불을 켜고 날뛰는 모습을 어떻게 발상 전환을 해보면 볼거리가 되지 않을까? 이 나라는 가만히 관찰하니 식당에서도 손님이 기다리건 말건 느릿느릿 코알라처럼 마냥 태평천하다. 우리는 누군가 와 약속하면 늦을까, 종종걸음 치며 서두르건만 여기 호주 인들은 코알라를 닮았는지 느려 터졌다. 나무에 엎드려 잠만 자는 코알라도 관광 상품이 되고 느려도 여유롭다는 말을 듣게 되니 PR 나름일 거라는 생각도 얼핏 든다.

와인 농장으로

멜버른의 숙소인 노보텔에서 차로 한 시간 걸려 찾은 곳이 '야라 밸리'와인 농장이다. 와인을 팔기 위해 관광코스에 넣었구나, 한다. 그런데 내 생각이 삐뚤게 굽은 것을 당도한 뒤 알게 되었다. 판매와는 상관없이 성의를 다한다. 빛깔이 고운 몇 종류 와인을 관광객 취향대로 한 가득 따라 주는 서비스가 최상급이다. 잔을 들고 창을 통해 바라보이는 아득한 포도밭은 우리나라에서 흔히 보게 되는 품종과 다른지 키가 작달만하다. 키 작은 포도 숲이 아득히 이어져 끝도 없다. 특이한 것은 포도밭 가장자리에 희고 붉은 장미들이 한가득 피어 있다. 관상용인가 짐작했더니 아예 농약 사용이 금지되어 장미꽃 변화를 보고 포도의 병인을 찾아낸다고 말한다.

빅토리아 주 최고급 와인이 생산된다는 곳, 아득하게 이어진 포도밭을 바라보니 마음마저 여유롭다. 4가지 색 중 내가 고른 와인은 레드다. 함께 온 우리 팀은 누구 한 사람 판매부스에는 눈길도 안 준다. 한 병에 호주달러 44~63불이라는 와인을 공으로 먹고 잘 손질된 잔디와 포도밭을 배경으로 영상만 찍는다. 가이드를 보니 좀 안 된 얼굴이다. 비슷한 코스로 함께 동선이 겹치는 중국인과 인도인은 계산대로 여럿이 줄을 선다. 세계적으로 알아주는 호주 최고의 샴페인 '모엣 헤네시'도 뒤질라 PR에 열을 올리건만 구매를 않으려니 슬그머니 딴전을 피우며 꽁무니를 뺀다.

다른 곳, 달달한 초콜릿 공장에서도 공짜 맛보기만 한다. 이곳의 모든 식품은 첨가제가 가미 되지 않은 완벽하게 천연이라는 말을 여러 번 강조하니 아이와 함께 온 몇 가족은 지갑을 연다. 나도 망설이는데 번거롭게 미리 짐 만들 것 없다며 공항 면세점을 이용하자고 한다. 오늘은 공짜관광이다. 공것을 좋아하면 이마가 훌러덩 벗겨진다는 농담말도 있는데 아무래도 이마가 조금 더 넓어졌을 것만 같다. 입만 호사부린 오늘이다.

이른 저녁을 먹고 짐을 꾸려 여기 국내선 비행기로 '골드코스트'로 이동해야 하기에 서두른다. 국토가 광활해서 일까, 같은 주 안에서도 정해진 관광지로 한두 시간 거리는 예사이고 다른 주로 이동할 때는 무조건 여객기 탑승이다.

골드코스트

창으로 70키로 해변길이 한 눈에 다 보인다는 호텔 '보코' 10층이 숙소다. 골드코스트에서 아침 6시 반 서둘러 조식 후, 8시에 여기 스카이 포인트라는 77층으로 간다. 시가지를 한 눈에 바라볼 수 있다는 전망대, 시드니에는 시드니타워가 있더니 여기는 세계적인 휴양도시라는 타이틀처럼 77층까지 단 39초 만에 덜렁 들어 올린다. 빌딩숲이 아니라 끝없이 펼쳐진 해안선이다. 풍경이 부산 해운대를 연상하게 만든다. 우리나라 롯데월드도 세계에서 여섯 번째 높은데 아무려면 시드니타워에 주눅 들까. 눈을 들어 천천히 한 바퀴 둘러본다.

다음 코스는 열대과일 농장방문이다. 농장은 상상을 초월하게 까마득하여 걸어서는 엄두도 못 내고 사방이 뻥 뚫린 농장차를 타고 이동한다. 내가 화분에서 키우는 포인세티아가 커다란 왕 대장나무로 자라고 있다. 이름을 물어보니 '포인테나'란다. 차를 타고 한참을 이동하여 수십 종의 열대과일이 재배 된다는 곳, 끝이 안 보이니 어림짐작도 어렵다. 경운기 닮은 트램을 타고 끝없이 펼쳐진 과일농장 길 따라 가며 중간 중간 트램을 멈추고 이름도 모르는 열대과일들을 한 아름씩 따 주니 입안이 달달 상큼 새큼 갖은 호강을 다한다.

한참을 가니 농장 가운데 아담한 원두막이 보이고 미리 준비한 듯 온갖 열대과일이 작은 동산처럼 수북하다. 엿장수 맘대로 골라 먹는 시간이다. 껍질이 딱딱한 마카다미아는 은행 알 크기인데 손으로 껍질을 벗길 수 없어 수동식 기계로 힘을 안배하여 누르면 하얀 속살이 나오는데 그 맛이 어찌나 고소한지 연거푸 열 개쯤 먹고도 자꾸만 손이 간다. 아무리 배를 두드리고 먹어도 줄어들지 않아 이것저것 욕심껏 손 가는대로 먹어본다. 흔한 바나나는 푸르딩딩 덜 익어 눈길도 안 주는데 일행 중 누군가가 바나나가 이렇게 맛있는 줄 몰랐다는 호들갑에 덩달아 먹어보니 이제까지 먹었던 그 맛이 아니다. 그야말로 천지의 간극이다. 달콤하고 솜사탕처럼 부드러워 뒷맛이 그만이다.

여행을 다니면 몸이 고생스럽다는 말도 하지만 나는 호사를 누리는 마님이 따로 없다. 아침에 일어나면 손 끝 까딱 않아도 식사가 대령하고 이렇게 '정글 리버크루즈'도 유람할 수 있으니 말이다. 농장 안에서 작은 쪽배에 올라 수로에서 노닐며 오리와 거위 또 이름은 모르지만 유난하게도 머리 부분만 푸른 물새도 졸졸 따라 온다. 준비한 먹이를 주며 물 안에 뿌리내린 열대식물들을 유심히 보게 된다. 좋은 땅 다 두고 하필 물속에 발 담근 식물들의 사연이 궁금하다.

그 중 '맹그로브'라는 식물에 눈을 맞춘다. 깊은 물아래 뿌리는 보이지 않지만 듣는 말로 생굴이 바글바글 달라붙고 그 생굴을 먹기 위해 킹크랩이 붙어있다는 말을 듣게 되어 호기심이 생긴다. 우거진 숲속 수로를 따라 가며 오십대 초반의 남자가이드는 입담이 걸걸해서 호주의 온갖 상식들을 줄줄이 사탕처럼 꺼낸다.

대강 요약하면 우리나라와 정 반대 위치라 호주의 하수구물은 시계반대방향으로 내려가며 별을 보고 방향을 찾을 때 북두칠성은 없으니 남십자성을 찾아라, 또 골드코스트란 주 지명은 금이 많아서가 아니다. 황금해변이 2천 키로로 우리나라로 비교하면 서울부산 거리 4배나 되어 붙인 이름이다. 그리고 이 도시 골프장만 48개 우리 돈 3만원이면 하루 종일 이용할 수 있다. 이 주 하나가 우리나라 8배 넓이로 땅은 넓고 인구수는 적다. 만약 땅을 뚝 떼어 옮길 수만 있다면 우리나라 남쪽 어디에다 척 갖다 붙이고 싶다. 등등.

헬기 투어

헬기를 타고 주변 지역을 하늘에서 바라보는 선택상품이다. 한 대에 네 사람씩, 한 20여분 도시주위를 한 바퀴 돌고 다시 제 자리에 착륙하는 코스다. 어릴 때 날개가 푸득푸득 돌아가는 비행기를 잠자리비행기라며 신기해했지만 헬기 타보는 일은 처음이다. 양어깨에 단단한 벨트를 고정한다. 오르기 전 가이드는 혹시 어지러움 증상이나 고소공포증이라도 있는지 물었지만 젊을 때는 롤러코스트도 탔는데 싶어 마음을 다잡는다. 하늘에 올라 가시거리 해변과 도시를 바라보니 속이 툭 트인다. 여객기와 다른 점이라면 좀 낮게 뜨고 소음이 들리고 복잡한 기기의 작동을 코앞에서 보게 되니 가슴이 벌렁댄다. 마주칠 때 피하지 말 것, 어떤 일도 맞닥뜨리면 해 볼 것, 가끔 어떤 일에서 한 발 물러난 것이 후회가 되어 닥치면 피하지 말 것이 스스로 정한 지침이다.

하늘에서 주변도시를 보고 이번에는 중심지 해변의 휴양지로 발길을 옮긴다. 해안선 따라 천천히 걸어가며 서핑을 즐기는 사람들을 바라본다. 고층 건물이 즐비하고 수영하는 사람, 비치 볼 놀이 하는 여유로운 사람들이 여기저기 시야에 들어온다. 반대편에는 서핑숍 들이 즐비하다. 남의 나라에 와서 남들이 즐기는 모습들을 보며 오리걸음으로 쉬엄쉬엄 걷는다.

한 30여분 지나 한 바퀴 돌아서 버스가 기다리는 처음 자리로 오니 도로 옆 잔디밭에 캥거루 네 마리가 겅중겅중 뛰어가고 있다. 그것을 보고 가이드가 덧붙이는 말, 캥거루라는 어원에 대해서 설명한다. 처음 호주 땅을 점령한 영국군이 배주머니에 새끼를 넣고 뒷다리로 겅중겅중 뛰어 달아나는 저 동물 이름이 뭐냐고 물었다. 원주민은 '모른다'고 했다. 그 모른다는 말이 캥거루라니, 참 아이러니다. 뛰어 달아나는 놈 중 한 마리는 새끼를 배주머니에 안고 있다. 그 모습을 놓칠까 여기저기서 조바심을 치며 샷을 눌러댄다.

그리고 한 가지 특이한 것은 공원 군데군데 바비큐를 요리 할 수 있게 조리대가 설치되어 있다. 바로 옆에도 있다. 물도 불도 사용료 없이 전부 무료인데 다만 뒤처리를 깨끗이 하는 일만 반드시 주어진 의무라고 한다. 우리나라는 '잔디를 밟지 마시오.'하는 팻말을 일부러 세우지만 여기는 마구 밟아도 잔디가 망가지지 않는다니 토질에 따라 다르구나 싶다. 그것도 잔디위에 맨살로 앉고 눕고 뒹굴어도 진딧물이나 해충도 없고 거기다 농약 살포도 필요 없다니 환경도 땅도 동서양이 틀린가 보다.

요트와 샴페인 크루즈

19명 우리 팀이 깨끗한 요트 한 척을 세내어 골드코스트 최고의 부촌이 늘어선 해변을 한 바퀴 도는 1시간 코스의 유람이다. 한 줄로 조심조심 요트에 오르자 훤칠한 키에 미남 선장은 신발은 물론 양말까지 벗고 맨발 승선을 요구한다. 참 별 일도 싶지만 맨발이 아니면 값비싼 요트에 자국이 생길수도 있다니 군말 없이 따른다. 모두 승선하자 요트가 닳기라도 하는지 조심조심 아주 천천히 물살을 가른다. 바닷물이 거울처럼 맑으니 손을 담그는 사람, 후미 쪽 계단에 걸쳐 앉아 아예 발을 담그는 사람 나름대로 즐기는 모습들이 행복하고 느긋해 보인다.

공으로 주는 샴페인 잔을 들고 백만장자라도 된 듯 웃고 담소하며 남의 부자별장이 제 것인 냥 들떠 있는 모습을 바라보며 요트 안쪽 가장 편안한 의자에 앉았다. 주변의 풍경들과 흰 포말을 일으키는 물살을 무심히 바라본다. 물 오른 시절은 어느 사이 봄꿈처럼 지났구나, 하며 남의 나라 잘 사는 풍경을 바라보며 상념에 젖어있는데 올 해 수능을 끝내고 여행길에 나섰다는 생머리 긴 학생이 다가오더니 할머니, 뭘 생각하세요? 한다. 나이가 들면 어떤 생각으로 사시는지 궁금하단다. 금방 딱히 짚어 낼 말도 떠오르지도 않고 생각도 형광등처럼 껌뻑거리니 그냥 빙긋 웃음으로 대답을 대신할까 하다가 글감을 구상해본다고 하니 "어머나 시인 할머니세요," 한다. 시인? 햐아~ 어째 계면쩍다.

여기서는 미혼아가씨가 결혼할 남자친구에게 제일 먼저 요트 가부를 묻는다는 말이 있을 만큼 부자나라에서 더 부자만이 누릴 수 있는 취미가 요트란다. 문득 우리나라 결혼 적령기 아가씨라면 무엇을 물어볼까. 콧대 높은 처녀는 '사' 자 또는 '관' 자 든 직업인지 알아볼까?, 아니면 아파트 여부, 그것도 아니면 명품을 사 줄 수 있는지, 참 옛날 일이기도 하지만 50년 전 내가 결혼하던 당시는 사글셋방 한 칸 없는 궁핍도 따지지 않았고 그저 몸만 건강하면 무에서 유를 창조하겠다는 말 한마디에 미래를 걸었다. 요트유람 한 시간도 후딱 끝나고 벗어 둔 양말과 운동화를 다시신고 '드림월드' 놀이기구와 호주전통문화 체험도 할 수 있는 복합테마파크로 이동한다.

이번에는 자유로운 시간이다. 한 시간 반 동안, 모임장소를 정한 뒤 따로 움직인다. 끼리끼리다. 남편과 나는 몇 곳을 둘러보다가 드림월드 전체를 한 바퀴 도는 기차를 타보기로 한다. 여행객들이 선호하는지 끝없이 이어진 긴 줄 꼬리에 섰다. 그런데 내 바로 앞에서 줄이 잘리고 40여분을 기다려야 한다기에 비로 옆에 있는 놀이기구에 줄을 선다. 오토바이가 쭉 줄지어 있다. 왠지 젊은 사람들뿐이지만 뭐 별스럽기야 할까. 지금 또 놓치면 이것도 영영 거리가 멀 것 같아서였다. 스무 사람이 한꺼번에 고정 된 노선위에 탄다. 일렬로 세워진 오토바이에 몸 전체를 안전띠로 꽁꽁 묶는다. 짐작으로 한 20여초씩 오른쪽으로 왼쪽으로 마구 휘돌려 댄다. 몇 년 전 미국 유니버설 스튜디스에서 칠흑 같은 동굴 속 지옥행 열차보다 더 간이 떨어진다. 조금 더 지체되었으면 아마도 일 생길 번했다. 팔팔한 사람만 탈 놀이기구다. 된통 혼이나 남은 시간은 기웃기웃 눈으로만 한 바퀴 둘러보는 것으로 만족했다. 드림월드에서는.

브리즈번 공항으로

이른 저녁은 오랜만에 한식이다. 열흘도 안 되었건만 된장국과 김치를 먹으니 제대로 먹은 것 같다. 끼니마다 먹었는데 고작 며칠인데 참 유난도 떤다 싶다. 저녁식사 후 각자 쇼핑시간이다. 식당에서 가까운 마트 몇 군데를 둘러보니 물품 가격이 우리나라보다 서너 배쯤 비싸다. 이곳은 쇠고기와 양모 제품이윈 아예 물어도 안 볼 일이다. 얼마나 공산품 가격이 센지, 남편 꽁무니만 따라 다니며 이것저것 만만한 것이 없을까 둘러보지만 딱히 마음에 드는 선물을 고르지 못한다. 속엣 말로 비싸다, 정말 비싸네, 한다.

별4개가 당당한 골드코스트의 보코호텔에서 여행의 마지막 밤을 보낸다. 방 가운데 턱 차지한 커다란 LG TV에 전원을 넣어본다. 색상이 선명한지 볼륨은 괜찮은지, 별 걱정을 다 한다. 어련하련만 공연히 동기간처럼 정감이 간다. 우리 나라에서는 재벌이라면 도끼눈을 뜨고 무엇을 잘못했느니 기업 도리를 벗어났느니 말도 많고 탈도 많건만 여행지에서 우리제품을 보면 미국 유엔 기구 앞에서 바라 본 태극기처럼 반갑고 뿌듯하다.

이른 아침 서둔다. 조식은 공항에서 도시락을 지급 한단다. 호텔에서 공항까지 버스로 2시간 반 정도 거리인데 조금이라도 어물쩍거리면 절대로 새치기도 할 수 없을 뿐더러 출근시간과 맞물리면 한 시간은 예사로 늦어진다며 재촉한다. 얼굴 분간도 희미한 첫 새벽에 나서서 일곱 시 반 넘어 도착한 브리즈번 공항에서 여행사에서 준비한 따끈한 도시락을 받는다.

자랑

식 후 면세점을 둘러보며 남은 호주동전으로 비스켓를 산다. 생각도 않은 호주여행은 며느리 둘이 기획한 효도관광이다. 싫다고 하는 내게 "어머니, 한 살이라도 젊을 때 먼 나라부터 다녀오세요," "3박 4일 정도면 되지" 미안해서 토를 다는 내 말에 가까운 곳은 더 나이가 들어도 가능하다는 말을 했다. 대체로 딸과 함께 또는 딸자식이 은근슬쩍 찔러주는 여비로 여행 온 사람은 더러 만났지만 매년마다 일부러 계획을 세워 미국을 시발점으로 세계 곳곳을 다녀오라 등을 민다. "너희들이나 부지런히 다니거라" 하면 "저희는 아직 젊으니 괜찮아요." 예쁜 말로 답한다.

팔불출 대열에 며느리 자랑도 드는지 모르지만 아들만 둘인데 참한 며느리가 들어와 팔자에 없는 여행복이 매년마다 터진다. 미국은 동·서부 두 번씩 한 달 여 기간 동안 캐나다까지, 또 어느 해는 '하와이에 다녀오세요'하며 인천공항에 데려다 주었고 터키로 중국으로 호주까지, 꼭 열흘도 넘는 코스를 예약하여 가방에 속옷만 챙겨들게 만든다. 모든 준비를 끝낸 후 통보를 한다. 한 며칠정도의 가까운 나라 여행은 연세가 들어도 가능하다며 먼 곳부터 다녀오라 하니 어찌 며느리 자랑을 안 하고 그냥 넘길까.

10여 시간여를 지나 인천공항에 내리니 지상의 별 네온사인이 찬란하게 반짝거린다. 얼굴을 스치는 바람결마저 내 나라 공기라 감미롭고 달달하다. 건물마다 하늘의 별이 내려와 반짝거리는 전경이 저만치 눈에 들어오는데 폰에 깜빡 불빛이 들어온다. 아들 전화다. "어머니, 로비에 기다리고 있습니다." 찌르르 무어라 형용할 수 없는 뿌듯한 감동이 밀려든다.

가지산 바람소리

이근숙 수필집

발 행 일 : 2022년 6월 15일
지 은 이 : 이근숙
발 행 처 : 도서출판 코레드
서울시 중구 을지로 16길 39 근화빌딩 4층
T) 02-2266-0751 F) 02-2267-6020

ISBN 979-11-89931-36-0

값 15,000원

• 파본은 교환하여 드립니다.
• 이 책은 문화체육관광부, 한국장애인문화예술원의 후원을 받아 2022년 장애인 문화예술 지원사업의 일환으로 발간되었습니다.